心の置き場所

KOKORO

前田れいこ

文芸社

姉へ ――まえがきに代えて――

最初に、姉にお願いとお断りをしたいと思います。

どうして私が本を書くことを思い付いたのか、そして、なぜ本を書いたのか分かってください。

「ほんとは、自分の存在を考えると自分を抹消してしまいたいと思っているのに、本にするなんて……あんたに私の気持ちが分かるの？」

と、姉は目を赤くして涙ながらに、私に言いました。

分からなくはありません。一万人に一人いるかいないかといわれてきた姉の病気と体を思うと、今、五十四歳の姉がどんな思いで毎日を耐えてきたのか、少しは分かります。私は一瞬へこんでしまいました。たじろいで、自伝を書くことをやめようと考え込んでしまいました。でも、何かに背中を押されるように、変に気持ちが焦っているのです。

私は悪性の癌なのです。抗癌剤治療を八クールまで行ったけれど、試験開腹をすることなく四クールの治療を残したままにして、今こうしているのです。それは、自ら治療を拒否したということです。

　周りの人たちは私に言います。

「なぜ治療をしないの？　癌が怖くないの？　あなたの考えていることが分からない」

と。

　けれども、私には死を怖がっている時間はないのです。私が死ぬようなことになれば、娘（二十七歳）と姉だけになってしまうからです。今、私がしておかなければいけないことがたくさん見えてきて、自分の力でできることはすべてしてしまいました。遺言も書きました。

　私は卵巣癌の術後の説明を聞いていません。亡くなった息子が聞いているだけなのです。ただ悪性の中でも稀なものという説明を聞いているだけです。予後についても何も尋ねませんでした。それだけにこの先の私に残っている時間が見えない分、止めどなく焦ってしまうし、何かをやり残していることがあるのに、それが何なのか分からず、私の頭の中は空回り状態の毎日でした。

　私は、それが目に見えることではなく、自分の内にある心の分野だということにようやく気づきました。ですから、心の整理整頓をしておかなければならないのです。

でも、私は心の荷物が多すぎて困っています。だから、「心の置き場所」をつくって、少しでもいいから、そこに私の心を静かに収めておきたいと思います。

心の置き場所、それは本です。本の中が私の心の置き場所なのです。本を書くことが免疫力を高めることに繋がり、また私にとっては抗癌剤の新薬になるかも分かりません。人間の体は不思議な力を持っていると聞きました。

お姉さん、私は親にもわがままを言った記憶がありません。私に本を書かせてください。死ぬまでに一度だけのわがままと思ってください。

目次

第二章　新しい生命……51

第一章　岐路

母

いつもの山に、いつもの日が沈もうとしている。

「れいこー、それは豚の餌だよ。豚のために炊いておけば、もうー」

と、母の声。

近所の子供と遊んでいる私の両手にはホカホカのカボチャがあった。食欲旺盛な私には、豚の餌だろうと食べる物だったら何でもよかった。

今、思い起こせば、九州の農村で子供時代を過ごしたあの頃が、自分にとって一番良い時期だったかもしれない。当時私の家では両親で養鶏場を営み、ヤギ、ウサギ、アヒル、豚とたくさんの生き物も飼っていた。その頃は、父も母も働くことに一生懸命だった。けれど、それが長く続くことはなかった。それは、父の出稼ぎの話が突然持ち上がり、すぐに遠方に行ってしまったからだ。しかも仕事は東海道新幹線工事が主だったために、来る便りには飯場の住所がいつも変わっていたように記憶している。

父は五十を過ぎてからの出稼ぎであったため体に無理がかかり、徐々に体調を崩していった。そのうち、父からの仕送りが途切れがちになり、母がよその田畑の仕事を手伝うようになっていった。そして、いつしか父の実家を手伝うようになったが、実際はほとんど毎日のように使われていたのだった。母が家にいる時は、雨降りのひどい日ぐらいであった。

母は前田家に養女として来ていた。そして、後から父が入り婿として養子に入っている。この母の代から前田家は、養子が三代続く境遇になっていたようだ。

手が凍えるようなある寒い日のこと、私は、初めて父の実家で悪いことをしてしまった。八歳の時だった。母を待っている間、退屈だったので納屋の中に入ってみた。すると、炭俵が四俵並んで置かれているのに気が付いた。良い炭はたたくとチーンチーンと音色を出すと聞いていたので、さっそく二本の炭を手に取り、互いにたたいてみた。やはりチーンチーンと鳴る。おもしろくて大小の細い炭を持ち替えたりして、しばらく音色を楽しんでいた。しかし、いつの間にか、長くて立派な一本の黒い炭が、私の頭の中で赤く熱を出して燃えていた。そばに黄ばんだ新聞紙が積んである。それを一枚取り、長い炭を一本選んで包みだした。

「何をしているのかい？　こんな暗い所で」

母が来た。驚いた。でも母には、私の考えが分かっていないようだった。

「母ちゃん、家に帰っても炭がないよ。こたつの火がないので一本だけ持って帰ってもいい？」

と尋ねると、母はしばらく黙っていたが、すぐに強い口調で私を厳しく叱りだした。そして、母は「情けない……」と言いながら、首に掛けた手ぬぐいで自分の顔をふいていた。

でも、私には母が涙をふいたように見えたので、とうとう我慢の限界がきてしまった。

私は急に悲しい中に怒りが込み上げてきて、ついに、

「母ちゃんは毎日こんなに働いているんだから、炭を一本くらい持って帰ってもいいと思うよ。どうしていつも家にいないの？　こんなに寒いのに。こんなにひもじいのに……」

と、自分の気持ちを精いっぱい訴えた。

するとと母は、

「どんなに寒くても、どんなにひもじくても、母ちゃんを泣かせるようなことは絶対するな」

と言い、納屋から出て行った。

私は後で考えてみた。母はなぜ、あんな怒り方をしたのだろう。そして、なぜ泣くのだろうと。炭で黒く汚れた手をゆっくりと洗っているうちに、私はふと気が付いた。やはり自分のしたことは、母が一番嫌っていたことだったのだな。それをしてしまったのだなと。そして自分の行為を反省して、もうこれからは二度としないと自分に誓った。もう母の涙は見たくないから——。

けれど、母のあの時の涙、そして心の中には「ごめんよ」の言葉があったことを、私は何となく分かっていた。それは、いつも「ごめんよ」の多い優しい母だったから——。

雨の降る日には、母はよく唱歌を歌っていた。私たちに歌ってくれていたのだろう。歌うことに自信のある人だったから——。母は開拓団として満州に渡り、苦労した話をよく聞かせてくれた。何度も何度も止めどなく話をしていた。敗戦後に満州から逃げ帰る途中で、母はけがをしている。倒れてきた電柱の下敷きになり、それが原因で脊髄を悪くしたということも聞いて分かった。小学校・中学校と、私の記憶にあるのはいつも痛みに苦しんでいる母の姿だった。家にはいつも家庭温泉用の原液がある。それは硫黄を多く含む臭い液で、一日としてこの臭いのしない日はなかった。その原液を少量洗面器に入れ、次に熱湯を入れて母の治療薬のできあがり。それをタオルに含ませて母の腰に湿布をしてあげるのが、私の毎日の仕事になっていた。けがの痛みを押して逃げ帰る途中に、母は二人の子供を死なせている。つまり私の姉（十二歳）と兄（八歳）を亡くしたということだった。

しかも、逃げ帰る途中なので火葬することもできなかったと、母はいつも涙を溢れさせながら語っていた。そこで母は気力を振り絞り、川辺を掘って二人を一緒に埋葬したという。

母は二人の名を呼び、

「帰るぞ――。一緒に内地に帰るぞ――。母ちゃんに付いて来いよー」

と、その言葉を何回も繰り返し合掌してその場を離れた。

そして仲間の人たちに付いて逃げる途中も、子供のことを考えるとつらくて、いつまでも後ろ髪を引かれる思いであったという。途中、帰りの船の中で、母は二人の子供の夢を見ている。

母の横でぐっすり眠っている二人の姿に、

「よし、二人とも自分に付いて帰っている」

と確信したらしい。そして姉と私はその時の二人の子供の生まれ変わりだと、母は言っていた。そのように思わなければ、心の収めようがなかったのかもしれない――。

それでも時々、遠くの空をいつまでも見つめている母の姿があった。その時の母の心は、きっと満州のその場所に行っていたのだろう。その姿が、母の心を語っていた。

姉

母のことは語り尽くせないけれど、母がよく言っていた言葉を思い出す。

「れいこは寅年生まれ。母ちゃんは辰年生まれ。お互いに強すぎて性格が合わないかも」

と、笑いながら言っていた。

そういえば、私はよく母に反発をしていたようである。

小学校の高学年の時だった。それは親に生活力がないということが大きな原因で、その頃の私は学校でさまざまな恥をかいていたからだ。親には話せない。でも私だって言いたいことがたくさんあるんだと、そのような気持ちでいつも苛立っていたように思う。我が家が本格的な貧困生活に陥ったのは、私が十歳の時で、二歳年上の姉の目が不自由になったのはその頃からだ。

姉が中学二年に進級した新学期始めのこと。姉の様子に変化が見え始めていた。次第に学校の欠席回数が増え始めて、何かのサインを出してきた。朝、制服のボタンを留めたり、外したりの繰り返しで、登校時間が過ぎてしまうという日が続いた。

そんなある朝のこと、あれほど姉に対して常に優しく、体を気遣っていた母が突然通学用の自転車とともに、姉を外に突き出してしまったのだ。その時の母の顔は、唇をキュッと一文字にし眉間には谷間ができていて、とても厳しい顔つきをしていた。

そして「行け！」と怒る母の声。すると姉は、

「だって目が見えないのに。黒板の字が見えないのに」

と言い、そばに植わっている小米花の細い枝を必死でつかまえ、そのまま座り込んでしまった。

その時の母の顔は、怒りから驚きの表情に変わっていくのが分かった。か細い姉の姿は哀れに見えた。私が登校した後、二人にどのような会話があったのだろう。

姉は生まれつきの難病を抱えている。それだけでもつらいのにと考えていると、その日の授業はいつの間にか終わっていた。その夜、電気の明かりで姉の目を見て、私は「あ

っ」と声を上げてしまった。瞳が透明に近い状態で白っぽいのに気が付いた。

「姉ちゃん、どうして黙っていたの？」

と、ついに私は大きな声を出した。そして姉の手を握り、言葉を待った――。

少し間を置いてから、姉は、

「ほんとのことを言えば、母ちゃんが心配をする。お金もないし――」

と言った。

私は何も言えなかった。ただその時ほどお金が欲しいと思ったことはなかった。

その後、姉の視力は徐々に低下して、私がグー・チョキ・パーを出しても、

「見えない。分からない」

と言うようになった。姉は耳も不自由で、右の耳は全く聞こえず、左の耳はいつも雑音がしているのだ。

ある日、母が、

「エリちゃん病院に行こうよ。診てもらうだけでもいいじゃないか。お金はあるから」

と姉に言った。父からの仕送りが届いたのだろう。でも姉は、

「絶対に行かない。このままでいい」

と、どうしても母の言葉にうなずこうとしないのだ。

姉の性格をよく知っている母は、それ以上何も言わなかった。

姉の目は栄養失調が原因だったのかもしれない。白内障になっていたのだ。私は学校の給食があるので救われていた。その頃、私も栄養の偏りだったらしくて目の病気になっていた。学校で眼科検診があり、教室で、

「前田、おまえは結膜フリクテンと診断されたぞ。味噌汁を飲むと良いらしいぞ」

と担任の教師が言う。クラス全員の前で言われたので困った。

暮らし

その頃の私の家は、掘っ立て小屋といわれるような粗末な家だった。屋根は杉皮を張り、窓はガラスではなくビニールを画びょうで留めている。そんな貧しい暮らしをしていたので、私の心配は的中した。

すれ違うたびに、「前田、おまえんちは味噌を買う金もないのだろう」と、クラスの心

ない子から度々いじめられた。これも消えることのない思い出になっている。

その当時、味噌汁なんてどれほど飲んでいなかっただろうか。お米のない日が続いていた。ある日、台風が来てうれしかったことがあった。それは大水の後で、家のそばの竹藪に稲穂がたくさん流れ着いていたのだ。それを集めて母に見せると、

「籾にして一升びんの中に入れてごらん。そして、この棒でつくと玄米になるから炊いて食べよう」

と教えてくれた。

シャカシャカとどれほどついただろう。早く食べたい一心で懸命につき続けた。全部玄米になった時はさすがに疲れていた。でもいい体験をしたなと思い、気分は良かった。そのお米を炊いてみると、ちょっと硬かったけれど、噛めば噛むほど良い味がしてとてもおいしかった。

しばらく我が家では飢餓状態が続いていたので、このお米は天からの授かり物だと思い、家族でありがたく頂くことにした。でも玄米もすぐ消えてしまい、私の頭の中はいつも食糧確保のために回転をしていた。

そして思い付いたのが、近所の小さな子供たちの子守りをすることだった。下校する

と、目当ての子供に近づいて行った。何てことはない。いつも可愛がっていた子なので、すぐに私から離れなくなった。そのうち、子供の数が一人から三人、そして五人と増えてきて、賑やかな子守りになった。親が子供を迎えに来る時には、必ず何か食べる物を持って来るようになり、私はうれしく自画自賛した。食べる物を頂く時には、

「ありがとうございました。うれしいです。助かります」

と心から感謝の言葉を伝えていた。たとえ、それがカビに覆われた餅であろうとありがたく頂いて、そのカビを取り除き、また、そのカビの味もおいしかったことを覚えている。

当時、我が家に犬が一匹いた。この犬からも食べる物で救われているのだけれど、それは恥ずかしくなるような思い出だ。その犬の名は「タク」という。隣の家で飼われている犬が「バス」だったので、この犬の名は「タクシー」にすると言い、私が名付けた。でもいつの間にか、呼びにくいという理由で「タク」と呼ばれていて、秋田犬の雑種のようだった。そのタクは飼い主が餌を与えないので、自分で食べ物を探していた。見つけると庭の隅に穴を掘り、隠しているのである。一度パンをくわえているのを見たことがある。私はタクのいないのを確認して、急いでその穴を掘ってみた。するとコッペパンがコロコロ

と出てきた。私は、一つ二つ三つと出てくるパンを両手で持ち上げて喜んだ。近くに小学校があるので、恐らくそこから運んだに違いない。そう思いながら、土が付いているパンを食べようとしていた。外側を取り除いて口の中に押し込んだ。おいしかった。ほんとにおいしかった。タクには申し訳ないと思い、また、ありがたくも思えた。私にとってタクは恩犬だ。

それからの私は、生活のために鉄屑を集めて、離れた町のスクラップ屋に売りに行くことも覚えていった。

勇気

そのスクラップ体験をしたのは小学五年生の時で、それが今の私の原動力になっていると思っている。

私の通う小学校で、講堂を壊して体育館に建て替える工事が始まっていた。

ある日、「これを鉄屑屋に持って行けばいい金になるぞ」と現場のおじさんたちが休憩時に話していた。それを聞いた私は、その日の夜に学校に行くことに決めて準備を始めた。鉄屑を入れる物も見つけた。それは父の大工道具を入れている丈夫な木の箱で、大きさもちょうどよい。それに遊びでよく使っていたラジオの大きな磁石もあった。それを腰から下げて、木の箱にもロープを結び付けた。興奮で、私の胸はドキドキしていた。辺りも暗くなったので、私は気合を入れて出発した。

学校に着いた頃には暗闇に目が慣れてきて、鉄屑を早く集めることができ、腰から引きずっているU形の磁石にも抜け落ちた釘がたくさんくっ付いていた。さあ帰ろう。明日は学校を休んで町に行こう。これを売ってお金に換えよう。そして、母の痛み止めの薬と米を買うのだと思うと、うれしくて、足はガクガク、胸はドキドキしていた。いや、正直に言うとうれしくてではなかったはずだ。きっと罪悪感のためのドキドキだったのだ――。

私は、自分の力がどの程度か分からなかった。鉄屑の箱を引っ張ってみても、ビクともしないことに愕然とした。残念だった。小学校五年の私は、まだ筋肉が鍛えられていなかったのだ。鉄屑を箱から少しだけ出し、そこに返した。そして、もう一度挑戦してみた。肺が破れると感じるほど息を吸った。両方の握りこぶしに力を込めて、

「クッソー、ヨイショ！」

と、気合を入れて引っ張った。動いた。動いたのだ。大して重みの差はないと思ったが、動いた。これなら何とかなると思い、引っ張った。満身の力を込めて引っ張った。一般道路では人目につくので山道を選んだ。しかし、山道は障害が多かった。それから家までどのくらいの時間を要しただろう。家に着いた時は酸欠状態で、頭痛と吐き気がしていた。

次の日学校を休み、計画どおりに動いた。その日の母は腰痛と熱で寝ていたので、黙って家を出た。家に大きな男性用の自転車があったので、それに鉄屑を乗せて町までこいで行った。人から聞いていたスクラップ屋が見つかった。でも何となく怖かった。店の前に立ったが、人が誰もいない。奥で声がしている。

思い切って、

「ごめんください」

と言った。

けれども、奥にいる人に声が届かなかった。いや、届かないように声を発したのだと思う。私は一度、その場所を離れた。そして、自分の気が小さいことを認めながらも、心の中では、自分にムチを打つように、厳しい言葉を浴びせかけていた。

瞬間、次の言葉が出てきた。勇気がない――この言葉はいつも母から言われていて、一番立腹していた言葉だった。だったら勇気があることを示そうと思い立ち、また自転車をこいだ。どうか店頭に人がいますようにと、願いながら……。

でもやはり、この店にも誰もいなかった。

そこでフーッと大きく深呼吸して、

「ごめんくださーい」

と大声で言った。

「はーい」

聞こえたのだ。奥に届く大きな声が出たのだ。

「偉いなー。よう運んで来たなー」

と店の人に褒められて、緊張していた私の気持ちがやっとほぐれた。

「また持って来たら買ってくれますか?」

「いくらでも買ってやるよ。また持っておいで」

「ありがとう。おじさん」

一番ホッとしたのは、中身について何も聞かれなかったことだった。

帰りの自転車は軽かった。足も気持ちも軽かった。さっそく薬とお米を買って帰った。母はとても喜んでくれた。そして、褒めてくれた。

お米を買うのは、米屋ではなかった。お米を作っている家で、優しそうなおばあちゃんのいる家を選んで行った。大きな一斗袋を持ち、

「こんにちはー。お米を分けてくださーい」

要するに、一升買いだったのだ。

その家のおばあちゃんは大きな袋に驚いて、

「おっとろっしゃよう」

と、いつも笑っていた。そして時々山盛りにしてくれた。その「おっとろっしゃよう」はどこの方言だろう。きっと、おばあちゃんの里の言葉だなと思いながら一斗袋の口を閉じて丸めていくと、袋の角がちょっとだけ膨らんでいるのが少し寂しかった。

おばあちゃんといえば、隣に住むおばあちゃんも恩人だ。いつもエプロン姿だった。そのエプロンの中にお米を入れて、またそのお米の中に卵を三個入れて、時々来ていた。

「エリちゃんに食べさせておくれ」

と言い、姉のことを心配してくれて、とてもありがたく思っていた。

私の母が人に対して親身になって尽くす人だったので、私たちの周りには恩人がたくさんいた。

田植えの時季が来ると、私は元気が出た。それは苗の植え幅で大人と競い争うことが楽しみだったからだ。私はいつも大人の植え幅を目標にしていた。そして帰る時には、大人並みの日当を頂いて帰っていた。でもやはり、雇い主から情けを頂いていたのだと、今になって気付いた。

進路

自分の将来を深く考えだしたのは、その頃からだと思う。

中学校に進学しても毎月の学費が払えず、いつも会計係の人に催促をされていた。催促されることが、こんなにもつらいことなんだという体験をした。お弁当も母に作ってもらった記憶がない。ご飯だけの弁当で十分だった。お米のない時は「お弁当を忘れた」と言い、外に出るしかなかった。

私が中学二年になり、進学か就職のコースかを選択しなければならない頃だった。ある日、父からの手紙が届いた。受取人は母ではなく、前田れいこ様と書いてある。

「なぜ?」と思いながら、もどかしく手紙を開けてみると、

「進学はどうするんだ。できれば名古屋にでも就職してほしい。お父さんは疲れた――すまない――」

と書いてあった。

もう私の心は決まっていた。自分は高校に行かずに「働いて、自分がこの家族を何とかするんだ」ということが、私の目標になっていた。そして自分の年齢が低いことと、一刻も早く働きたいことに気持ちは焦りだし、二年間がとても長く感じた。取りあえず、姉の目の手術費用を稼ぎたい。そして自分は、生涯姉の面倒を見なければいけないのだと、心の中はいつも姉を中心に回り始めていた。

父からの手紙はすぐに燃やしてしまったが、その後、中学を卒業するまでの間、母と姉をだましていなければならなかった。なぜなら、二人は就職の件については猛反対だったからだ。母自身が勉強好きで、新聞でも勉強したいところはその部分を破ってポケットに入れ休憩の時間に読んでいたほどの人だった。親の事情で高等女学校を中退させられて養

女に出された母には、勉強に対して特別な思いがあったのだろう。学校に行きたくて一週間泣き通したと聞いたけれど、私には泣いている時間さえない心境だった。

私は一応進学コースを選択していたので、高校入試は受けることになった。希望校に受かったけれど、特別な喜びはなかった。入学式が近づいたのに、やはり制服を買う余裕がないのだ。私には何の迷いもない。自分で働く所を見つけて、大阪に行くことにしたのである。

就職先の病院は、仕事をしながら夜間高校に通わせてくれるという条件だったので、夢を膨らませて大阪に行った。

病院ではまず朝は外の掃除をするようにと、屋外回りの仕事が与えられた。しかし、朝の八時頃は学生さんがたくさん病院の外を通る。私はなぜか隠れてしまいたいと思い、クルッとお尻のほうを向けて掃除をしていた。仕事に慣れるのに一カ月ほどかかった。田舎から出て来たので恥をかくことも多く、こんなこともあった。

「レタスを買うてきて」

「ハイ」

「なんや、キャベツ買うてきてからに。レタス知らんのか？」

「お豆腐四丁買うてきて」

「ハイ」

「木綿豆腐を四丁も買うてどないする。豆腐いうたら絹ごしやろ」

「すみません」

こうして叱られたり笑われたりしながら、月日がたっていった。

姉の手術

しかし、私はわずか半年で母に呼び戻されることになってしまった。

姉の具合が悪くなり、呼吸困難の症状が出て、二度救急車のお世話になったと、母は手紙で言ってきた。読んでいて、とても心細い感じが伝わってくる。こうなると私の精神状態は正常でいられなくなり、頭の中はいつも心配で飽和状態になっていた。そんな時、仕事のミスをしてしまった。薬の入っていた空きびんを整理している時に、シロップ薬の原液を一本捨ててしまった。気持ちが散漫になって中身が入っていることも確認できなかったのだ。

再び母から手紙が来た。その手紙には「帰って来い」と書いてあった。私はやはり姉から遠く離れてはいけないと思い、病院をあきらめて姉の待つ家に帰ることに決めた。大阪からの帰り、列車の中で思っていたことは何も記憶にない。列車が速く感じたとか遅く感じるとか、それもなかった。ただ、それは自分の気持ちがまだ揺れていたせいなのかもしれない。

家に着くと、姉は喜んでくれて私の顔を見たいと言う――。

私にはその言葉がつらい。久しぶりに家に帰ってきても、私は外に出るのが嫌だった。「もう仕事を辞めて帰ってきている」と、人から思われるかもしれない。それもあるが、私の中では健康な自分が学校も行っていない、仕事もしていない、そんな状態が一番恥ずかしいことだったからだ。

父も心配して帰ってきた。久しぶりに家族で話し合いをした。

父は言う。「女は手に職を持っているほうがよい」と。そして父が私のために探してきた職とは、理容師の見習いとして住み込みで働くことだ。五年間修業をして、もう一年間のお礼奉公があり、その間辞めることがあれば、それまでの食い扶持と小遣いなどすべて支払う。そのような契約書に父は印鑑を押していた。私もサインをした——父の顔を見ながら——。

店は実家のある町から汽車で二時間ほどの所なので、遠くもなく近くもなく修業するにはちょうどよい距離なのかもしれない。その店は従業員が多く、毎日の食事は十六人分を用意していた。

人間関係で悩む時、どうしても泣きたい時は海に行き、防波堤から見る夕日に慰められて、また店に帰る。海に近い所だったので、防波堤は、私の心が一番安らぐ場所になっていた。

修業も四年目に入り、国家試験も受かったその頃から、私は店の師匠に対して男としての危険を感じるようになった。

師匠が唐突に言う。

「お姉さんの目の手術を受けさせよう。近い所に空家がある。もう手付金を打ったから、そこに家族を住まわせるといい。評判の良い眼科も知っている。すぐに呼びなさい」

「手術費用はどうするんですか？　貸して頂けるのですか？」

と私は聞いた。

「ああ、必要なだけ貸そう。あんたが後で俺に返したらいい」

と言う。

私の気持ちは舞い上がってしまった。母と相談することなく、半ば強引に家族を呼び寄せた。バタバタと一週間で引っ越しが済んだ。それから姉を入院させることができ、手術も順調に終わった。私はこれからの希望を膨らませて、姉の包帯が外れる日を待っていた。

ある日、出稼ぎ先から父が日帰りで見舞いに来ていたというのだが、私は会えず、それ以後、姉にも会うことができなくなった。店の師匠から外出禁止が出されたからだ。その理由はずっと後になってから分かった。私が店から逃げないように画策したのだ。

ある日、姉の入院中の出来事を母が語りだした。父が見舞いに来た際に、その手にはきれいな造花の飾り物があったらしい。その造花を姉のそばに置きながら、

「エリの包帯が外れたら、この花を見せてやってくれ」

と、赤、白、黄色に緑と色とりどりの造花を自分で触りながら、うれしそうな顔で姉の目の手術に期待をしていたようだ。

その帰り際に、父は分厚い封筒を差し出して、

「手術費用はここにある。これを使いなさい。エリの目が悪いと知った時から手術費用として積み立ててきた。休みの日には茶摘みのバイトもした」

と言い、母にお金を渡したらしい。思えば静岡に出稼ぎに行っていた頃だったように思う。

病室から出て行こうとする父の姿にやつれを感じ、母には無理をしていることが分かったと言う。その二カ月後、父は足を引きずって家に帰ってきていたというから、ほんとにつらかったのだろうと思う。

この話を聞き、急に母に対して怒りを覚えた。「なぜ今ごろ、私に姉の入院費のことを話すのだ。どうして、その時に教えてくれなかったのだ。そうすれば、また違った行動が取れたのに」と悔しかった。あの時、姉の入院中に父がそばにいたら……。私は父にしがみつきたい心境だった。

私には、父に叱られた記憶はなかった。中学生の頃、父と腕を組んで歩いたことを思い出す。あの時の私は冬のセーラー服だったな。父は照れながらも、私のするがままでいてくれた。明治四十一年生まれの父には恥ずかしいことだったろう。でも、私にとっては良い思い出になっている。

私は父が大好きだったので、店でつらいことがあると、無性に会いたくなっていた。

姉の手術から一カ月がたち、姉は退院することができた。少し明るくなった姉が、

「八年間、私がいつも思っていたこと分かる？」

と聞く。

私は扇風機の前に顔を出して、

「分からない」

「それは、家族三人の顔よ。父ちゃん、母ちゃん、れいこの顔が見たかったんだよ」

と言う。

体力が回復したら、もう一方の目を手術すると、院長と約束しての退院だったけれど……。「もう、これでいい」と言う姉の言葉から、再手術を望んでいないことが感じ取れた。

大きなレンズを手に持ち、毎日少しずつ本を読んでいる姉は、見えることの幸せを感じているようだと母が言う。

そして、二人は故郷の家に帰って行き、私は少し寂しい思いでいた。

岐路

ある日のこと、お客の合間を見て私は一人で食事をしていた。そこに師匠がやって来て、私の横に座った。そして、いきなり、

「自分の女にならないか……」

とささやくように言う。これには鳥肌が立ってしまい恐怖だった。

「ごちそうさま」

と慌てて席を離れ、逃げるように店に行った。常に従業員がいる店内は、一番私の安心できる所になっていた。

姉の手術費用は師匠から借りたものと思い込んでいる私は、弱い立場になっていた。師匠に対して強い言葉が言えず、言いたいことも言えない。早くお金を返したい。そのまま店にいることに耐えられなくなり、その夜、私は店を飛び出してしまった。

「しばらく外で働かせてください。お金が必要なのです。師匠のご恩は忘れません。姉のことは感謝しております。だから姉のために出してくださった手術費用が稼げたら、また

戻ってきます」と書き置きをして店を出た。

あの時に、手術費用は父が出したということを聞いていたら……母が一言でも、それを話してくれていたら、あんなにつらい目に遭わなくてすんだのに……。どうしてなのだろう？　なぜ教えてくれなかったのだろうと、この思いはいつまでも尾を引いていく。でもそのことで母を問いつめたり責めることは、最後までしなかった。

店を出てからの私は隣町の喫茶店で働きだしていた。でもその頃、あの師匠が私の家まで来て、家族を脅かしていることなど夢にも思っていなかった。

師匠が、

「れいこは家族のことをいつも大切に思っている子だ。どこにいるか知っているだろう？　知らないはずはない。行き先を言わないと、暴力団を使って見つけ出す。見つけ出してれいこを殺す」

と言い、同じ内容のハガキが何通も来ている。ほとんど「殺す、殺す、殺す」とだけ書かれていた。

今でも、そのハガキは処分しないで保管している。何か異常なものを感じたから——。

びっくりしたのは、床に就いている父親だった。母親はオロオロすることなく、

「れいこが何をしたのですか？　お宅に何か迷惑をかけるようなことでもしたのですか？」

と聞くと、師匠は意味が理解できないような曖昧な返答ばかりだったらしい。そこで母も師匠の異様な雰囲気に気が付き、次の日警察に行き、相談をしている。いつもは弱そうに見える母だったが、私は母を見直してしまった。母を強くしているのは何だったのだろう。満州で地獄を体験したからだろうか。暗闇の中で死骸の間で寝たり銃弾の中を逃げ回って、満州から帰ってきた母は精神的に強かった。何があっても冷静沈着だった。

その後、駐在所から巡査が家に来て話を聞いてくれたが、「何かが起きなければ自分たちは何もしてあげることができません。だから、また何かあったら連絡をしてください」と言い、「大丈夫ですよ」と母の肩を優しくたたき、気持ちを和らげてくれた。感じの良い人だったと言う。

師匠はその夜帰ろうともせずに、図々しく朝まで家にいて、私の帰ってくるのを待っていたらしい。二日目は親戚を捜し回り、私のことをいろいろと聞いて帰ったようだ。それ以来、私にとって不愉快な噂が流れるようになっていった。

それよりも、その時に父が家にいて病に臥せているとは知らなかった。姉の手術の後、父は静岡で働いているとばかり思っていたのに――。実は、父は脳卒中で倒れ、帰ってきていたのだった。母は私に手紙を書いて送ったと言うけれど、私にはその手紙が届いていなかった。

私が故郷の家に帰ったのは、店を出てから二週間たった頃だ。家に帰って、父がいることを知り、その間の出来事をすべて聞かされたのだった。

父も母も、私の身に何が起きているのか知らない。知る由もない。

父は寝込んでしまっている――。

「今、私はどうすればよいのだろう」

母は、

「師匠がおまえを捜し回っている。頼むから店に戻ってくれ。父さんのためにも」

と頭を下げて言う。この時点で、母から入院費の話を聞きたかった。でも話してくれなかった。尋ねなかった私も悪いけれど、もしこの時、母が話をしてくれたなら……。

後から思うと、ここが私の大きな人生の岐路だったように、今は思っている。

母との約束

「店に戻ってくれ」

この母の言葉で、その夜一晩中考えて悩んでしまった。師匠に対しての漠然とした恐怖に、私は脅えているのに。店に帰りたくない――。

でも今は、私は店に帰らないといけないのだ。帰るしかないのだと判断した。

朝の太陽が、私の気持ちを一緒に押し上げてくれた。

私は母に、

「心配させてごめんなさい。もう一度頑張ってみる」

と言った。

「ごめんよ。店で何があったか知らないが、母ちゃんも店に電話を入れて謝っておくから。一人で行くことができるか?」

と母が心配そうに、でもホッとした顔で聞いてくる。

「大丈夫だよ。私はそんな弱い子供じゃないのだから」

無理に大きな声で笑って見せた。母はバスの停留所まで見送ると言い、私に並んで付いてくる。

「もういいよ、この辺で……」

「ごめんよ。我慢してくれよ」

と、また母が言う。

停留所に着いて振り返ると、まだ母の姿がそこにあった。周りにはコスモスの花が咲いていて、母が一層優しく見えた。

店に戻ったのは正午過ぎだった。店のドアを開ける時、私の心臓はブラウスを動かすほど高鳴っていた。勇気と恥ずかしさと不安がそうさせたのだろう——。

店に入り、師匠と奥さん、それに従業員に頭を深く下げて謝った。兄弟子たちはニヤニヤと私を見ている。あのニヤニヤは何なのだろう。うれしいでもない、いや、喜んでいるのかな。何割か私のことを笑っているはずだ。そして「バカだなー」とも思っているだろう。私は、その時の状況を表現することができない。

説教を覚悟していたのに、その日、師匠は変にソワソワしていて異常に優しい。ホッとする半面、不気味な感じもした。それからありとあらゆることに耐えながら、季節はもう十二月に入っていた。

師匠は毎日、

「れいちゃん、顔を剃ってくれ。顔剃りが終わったら、顔をマッサージ。そして耳掃除」

と言い、それが私の仕事になっていた。

ある時、

「れいちゃん、二階に上がってシェービングクリームを取ってきてくれ」

と言う。

「まだありますよ」

と答えると、

「いや、新しいのを出してくれ」

「?――」

妹弟子たちがいるのに、私を使うことに疑問を感じながら、言われたとおりに二階に上がって行き、私はため息をついてしまった。

品物を探していると、静かだけれど何か気配を感じた。

足音だ。誰かが階段を上がってくる音だ。

「今ごろ、誰が何のために?」

するといきなり後ろから抱き付かれてしまった。タバコ臭《くさ》い、荒い息のにおいで師匠と分かった。私はしっかりと両腕を組み、それを自分の胸に押し当てて息を殺した。私は羞恥心と恐怖に慄いて声を出すこともできず、ただ力いっぱいもがき暴れた。師匠は言う。

「俺はおまえの家に、毎月三万も送金しているんだ」

と。それは初耳だった。

私は、

「聞いていない!」

と言い、師匠の両手を払い除けようとした。その瞬間に押し倒されてしまった。この時、男の力の強さを初めて知らされた。私は、わざと全身の力を抜き、師匠に隙を与えた。うまくいった。師匠も手足の力を抜いた。そして、

「二号になれ」

と私の耳元で言いながら、耳を嘗め始めた。

「今だ!」と、力いっぱい師匠の手足から抜け出した。そして、あの薄暗くて急な階段を

まるで滑るように下り、逃げて行った。

　店に走り込んだ時の私の形相で、兄弟子たちは何が起こったのかすぐに分かったようで、

「以前からおかしいと思っていた。今、誰か二階に行ってこいと言っていたところだ。これから気を付けないといけないな。過去にも噂のあった師匠なんだから」

と、私の背中にずっと手を当てていてくれた。私は気持ちが落ち着くまで、自分の顔にタオルを押し当てていた。師匠が店に出て来たら、私はどのような顔をしていればよいのだろうと、複雑な思いでいた。だが師匠は、その日は私の前に顔を見せることはなかった。

　師匠は、あの時そのまま裏から出て行き、支店のほうに向かったのだろう。もう、いたたまれなくなっていた私は、また店を出てしまった。母と約束をしたのに――。

　凍えるような十二月の深夜だった。

親のところには助けを求めることはできないし、親には絶対に言えない。また、師匠が押し掛けて行くに決まっている。いろいろと考えているうちに、いつの間にか私は駅に来ていた。家とは違う方向に行ってみようと思い、普通列車に乗り込んだ。深夜なので乗客は少ない。私は窓際に座った。しばらく何も考えないことにして、列車の窓から流れ行くように目に映ってくる夜景をぼんやりと見ていた。

途中、少し眠ったかもしれない。行き先はどこでもよかった。しばらくして、「終点です」の声が流れた。そこは行橋駅だった。行く当てのない私は、また次の普通列車に乗り換え、発車を待った。

「さあ、どこまで行こう。夜が明ければどのような一日が、私を待っているのだろう」

発車したことに気が付かないまま、私はウツラウツラしていた。まるで脳が眠っているような……、でも私はしっかりと目を開けている。不思議な感じだった。やがて外が——空が白々と明るくなってきた。山と空の境がハッキリとしてきた。絵の具があれば描いてみたいような情景になっている。藍色と白があればよい。ライトな黄色があれば、なおいい——。

いつしか学生たちがバタバタと靴の音をたてながら乗ってきた。もうそんな時間なのだ。次から次に乗ってきて、私の周りは学生でいっぱいになっている。楽しそうにしゃべる声、そして笑う声、その時、私は心から人をうらやましく思った。屈託がなく楽しそうな女の子を見ていて、私は思った。「どうしてそんなに恵まれているの？　どうしてそんなに楽しいの？　私とのこの違いは何なのだ！　自分はこんなに悲しいのに……」と、ふと不思議の世界に入ろうとしている自分がそこにいた。

「エイッ、あの子の魂が、私の肉体に入れ！　お願いだから！」

と指を忍者のように組み合わせて目をつむった。

「替わる——あの子と入れ替わるのだ。アレッ、やっぱりダメなのだ」

少し自分を笑ってしまった。私は追い込まれた時に、このようにして遊ぶことができる人間のようである。要するに「心のチャンネル」を変えてみて、違う人間になって考えることである。

母が「おまえは楽観主義でいい。愚痴を聞いたことがない」といつも言っていたのは、この遊びのお陰かもしれない。時々は過度の楽観主義になっていることもあるのだが……。でも、この不思議の世界に入ることで、気持ちを少し安らげることができた。

その時、車内放送で次は小倉駅であることを知った。放送から流れる「小倉駅」に、私は「無法松」を結び付けてしまった。それは小学校の時だった。学校で『無法松の一生』の映画を観た時に、私は何かを感じて感動を覚え、何度でも観たい映画の一つになっていた。

「よし、ここだ！　ここにしよう」

慌てて降り口のほうに向かった。

第二章　新しい生命

出会い

荷物なんて何もない。質流れで買った五百円のオーバーぐらいだ。たくさんの荷物を持つと家出人と思われるのが嫌だった。バッグ一つで、小倉駅の改札口を出た。右も左も分からない状態だった。鉛筆でも倒して方向を決めるような感覚で、右に曲がったり、左に曲がったりと運を天に任せて、仕事を、そして住む所を探して歩いた。

全く知らない町を一時間ほど歩いただろうか。スタンド割烹の前を通りかかった時、「従業員募集」の張り紙を見つけた。この辺は、飲み屋街ではない。新聞社がすぐ前にある。「このお店は良い店だ」と自分の勘で決め、その店に飛び込んだ。

そこにはふくよかで品のあるママがいて、

「住む所がないのだったら、私の部屋で一緒に生活すればいい。私も助かるから」

と言ってくれた。

私には願ったり叶ったりで、今の自分が何かに守られていることを感じていた。

さっそく住み込みで使って頂くことになり、その夜から暖かい布団で寝るようになった。しかもママは、私のために電気毛布まで用意してくれ、体だけでなく、冷え切っていた私の心まで温められていた。

店の名は『かえで』という。かえでのママは以前教師をしていたとのことで、会話の中にも知性が感じられた。

三日、四日とたち、この店は客筋が良いことに気付き始めた。「水炊き」って何？「ちり」って何のこと？ 分からないことばかりだったけれど、ママは丁寧に教えてくれた。ポン酢を作るのは、今でも私の自慢の一品になっている。

母とも連絡を取りながら、年が明けて私の成人式の日が来た。何も期待することはなかったけれど、新聞社の常連のお客がケーキで祝ってくれたことは、うれしくて涙がこぼれてしまった。

歓送迎会が終わり、お店が少し暇になってきた頃に常連客の一人が、いきなり私にプロポーズしてきた。私は、

「お酒を飲んで言う言葉じゃないでしょう。今日はこの話はストップ」

と言い、有線放送に村田英雄の『無法松の一生』をリクエストして彼の前に立った。そして、

「趣味は？」

と聞いてみた。すると、

「浪曲と盆栽」

と答えた。私は、彼がまともに答えていないと思い込んでしまった。まだ二十代の後半と思われる若い人が浪曲？　盆栽？　それはないでしょうと、勝手な先入観で判断をしてしまったのである。そのうち、有線放送から無法松の歌が流れてきた。私は映画のワンシーンを頭に思い浮かべ、目を閉じて聞いていた。アレ？　と思い、目を開けると、彼がその歌を浪曲調で一緒に歌っている。この彼がこの先、私の夫になる人なのである。

次の日、彼が開店と同時にやって来た。しかも素面でやって来て、

「今日はお酒を一滴も飲んでないよ。ここに座って話を聞いてほしい。ママー、ちょっと彼女を借りるよ。後で飲むから」

と言って話しだした。聞いていると、彼には両親がいないと言う。私はすぐに、

「だったら養子になってくれますか？」

と軽く冗談のつもりで聞いてみた。

「なる」

と二つ返事で答える彼には、拍子抜けしてしまった。けれど、私は続けて、

「私には体が弱い姉がいます。一生その姉の面倒を見ないといけないのです。親にも仕送りをしないといけないし、だから、この話はなかったことにしてください」

と言うと、彼はしばらく下を向いて考えていたが、再び顔を上げた時には目から涙が流れ出ていた。そして、

「かわいそうだ……そのお姉さん。ヨシ！　自分が我が子と同じように一緒に面倒見ていこう」

と言い出した。

「考えさせてください」

と即答は避けていたが、私は彼の涙に惑わされてしまっていた。

そのうち、私の気持ちは、次第に彼のほうに傾いていくのだった。ママが彼をよく可愛がっていたので、私も彼の性格を少しは知っているつもりでいた。だけど、それは彼の一面でしかなかった。

五月のある日のこと、彼がまた店に来て、

「お願いがある」

と、私に頭を下げて言う。

「なあに、今日は」

と聞くと、

「ここから車で一時間ぐらいの所にミチ姉という親戚の人がいる。その人が『付き合っている人があるなら連れておいで』と言うから、明日、頼めないかなあ。芝居でもいいから、一緒に行ってほしいんだけど」

と手を合わせている。すると、

「行っておいで。明日は私の娘たちが来るから、店は心配しなくていいよ」

とママが横から口を出した。一時間ぐらいの所だったらいいかなと思い、

「いいよ。芝居でだったらね」

と答えたことから、私は彼と結婚するはめになってしまったのだ。

結婚式

私は、彼と一度もデートをしたことがない。次の日、二人で車に乗ったけれど、何も会話がない。私はただミチ姉とやらの家に早く着くことを願うだけで、車の座席にキチンと座り顎を引いて固まっていた。

けれど、一時間ぐらいと聞いていたのに、三時間乗っていてもまだ着かない。彼は途中で数回道に迷っている。

「まだ？」

と聞いた。

「まだ」

と彼は答えるだけ。なぜなのだろう。でも何も尋ねることができない。彼も何も言わない。私は少し疲れてきた。こんなに車に乗っていることは初めてで、少し気分が悪くなってきている。

「帰ろうよ」と言いたかったのに何も言えず、言葉をすべて飲み込んでいた。

ただ、車の中に二人でいることでさまざまな思い、そして恐怖感が私に覆いかぶさってくる。とにかく口は閉ざしたままでトイレとも言えずに、我慢している状態が続いた。外は真っ暗になってきた。もう車に乗って七時間になる。まだ着かない。これはおかしい。尋常でない。今の私の身に何が起きているのだろう。彼は良い人のはず——。

窓から外を見れば、杉林がライトに照らし出されている。どうも山中のようだ。こんな所に民家があるはずがない。そう思いながらも、私はもう完全に車酔いをしてしまっているのでしゃべることもできない。「そうだ、自分の気持ちを軽くしよう」と思い、持ち前の楽観主義で心のチャンネルを切り替えてみた。「ひょっとして、この人はタヌキ？　私をだましてどうする」などと思っていると、山上のほうから提灯を提げた数人の男たちが、「オーイ」「オーイ」と呼んでいるのが見えた。やはりタヌキそのもの——。タヌキのお宿はどこだろう。たくさんのタヌキが提灯を提げてお迎えに来ているぞ。これはおもしろい。私は車から降りて両手を伸ばし、深呼吸をした後で待機の姿勢に入った。

目の前は急な坂道があり、どうも茶畑と杉林の間を上っているようである。タヌキのファミリーが私に話し掛けている。でもチンプンカンプンで、よく聞き取ることができない。「よさり・バサリ・とぜんなかけん」と、次から次に聞いたことのない言葉が飛び交うのである。私は何でも適当に「ハイハイ」と相槌を打っていた。

それより例の彼タヌキの姿がない。私から言われる言葉が分かっているのか、私のそばにはいないのである。「この悪ダヌキめ」と思ったが、この急な坂道――普通だったら手を貸してくれるのではないかと期待をしてみた。そしてわざと足を踏み外して「アッ」と声を出したのに、彼タヌキは近寄りもしない。

こうなったら、私の本性を現そうと思い、スタスタと身軽に上って行った。私の子供時代の遊び場は山の中で、木登りは得意だった。運動神経が発達しているといわれてきた私には、こんな坂は坂の内に入っていなかったのだ。

彼の名は梅野さん。下の名前は知らない。年齢も聞いていない。その梅野家にやっと着いた。親族が集まっているのか、人が多くて誰が誰だか分からない。紹介されても分からなかった。その日は車に酔っているということで、すぐに休ませてもらった。

翌朝、目を覚まして外に出て見ると、びっくりの一言だった。向かいに見える山々が自分の目線よりも低いのだ。鳥が私より低い所で飛んでいるなんて――。名前も知らないたくさんの鳥たちのさえずりに清涼感を覚えた。大きくお腹いっぱいに空気を吸うと、北九州にはない空気の味を知った。濾過装置を通り抜けてきた水のような清浄な空気だった。

居間には九十九歳になるおじいちゃんがいて、小さい一人用の掘りごたつの中でキセルタバコを吸っている。

そのうち「引き出物に鍋がいい」と、誰かが言い出した。私も一緒に町まで行き、鍋を買った。まさかこの鍋が、私と彼の結婚式の引き出物だったとは。私はただお手伝いのつもりだったのに――。

やがて隣組の人らしき人たちもやって来た。

「れいこさん、ここに座って」と彼の横に座ることになった。

三人のお客が話をして、その後のことだ。

いきなり「高砂やー」と伯父と名乗る人が唄い出して、私は驚いてしまった。

そして、小学校六年生の男の子が、

「ハイッ姉ちゃん、ボクの手作り」

と言い、私の前に差し出した物がある。それはピンク色の椿の花で作ったブーケだった。

それを、

「ボクからのお祝い。ボク、何もないから」

と、私にくれた。

この子は彼の弟だなと思いながらブーケを受け取り、

「ありがとう」

と言った。

何も知らないこの弟の行為が、私の心の中でとても表現のできないものになっていった。もう「違いまーす」なんて、とても言えない雰囲気になってしまっている。きっとブーケを作った弟の気持ちが、私の気持ちの邪魔をしているということに気付いたからだろう。


あまりにも家族が良すぎて事実が言えないままに、昭和四十六年五月二日に結婚ということになってしまった。私は二十歳だった。その後は夫のアパートで生活をしていく。私は、親を無視したようなこの行為に反省をして、「私の親からの許可は？」と、なぜあの時、夫を問い詰めなかったのだろうと思い、後悔の毎日だった。「猫の子でも黙って持って行かないよ」と思ったりもした。

夫はその後も、私の両親に謝ることもしなかった。だから私は訳を書いて両親に郵送した。父は何も言わずに、私のことを許してくれた。その時、父には私の世話になることが分かっていたのだろう。でも母からは、私と夫に対して縁切り状が来た。それを夫に見せずに、押し入れに隠しておいた。それ以後、気持ちが落ち込んでいる私に、夫は気が付いてくれない。

私は、母にずっしりと手紙を書いた。夫の生い立ちについて書き綴った。夫が四歳の時に養子に出されていること。実母は再婚をして後に子供を二人もうけていること。そして、養母にも子供が三人生まれて夫は寂しくなり、実母にも養母にも「母ちゃん」と呼ぶことができなかった不遇な子供時代のことなど、自分とはまた違った苦労をしている人なのだと、だから頼むと書いて投函した。

夫は家を出てから十年以上も実家に帰ったことがないという。私を連れて行った時が、それ以来初めての帰郷だったようだ。帰り道を迷ったのもそのためなんだと、後で分かった。それから夫の年齢は二十九歳で、下の名前も分かった。聞いたのではなく、夫の寝ている間に車の免許証を見て知った。

夫

手紙を投函して間もなく、母が突然やって来たのには驚かされた。夫は、自分のしたことに申し訳なさを感じていたのだろう。その夜は深夜の帰宅で、母とは話をしていないのだ。「何という人なのだろう」と思い、次第に夫に対して苛立ってきた。

翌朝、母が帰り支度を始めていた。

「帰らなければ、家には病人が二人おるから」

とため息交じりに言う。

けれど、夫は顔に新聞紙をかぶせて眠ったふりをしている。母は昨夜から、夫の寝顔をいつまでもじっと見ていた。朝起きてからも、静かに、まるで観察をしているかのように夫を見続けていた。

私が夫を起こそうとすると、

「起こさなくてもいいから」

と私を制止した。二人で外に出て、

「ごめんね。私、あの人のこと、まだよく分からない。取り返しのつかないことをした……」

と母に言うと、母は、

「あの子を助けると思って、母ちゃんはこの結婚を許した。だから、おまえもあの子を救う気持ちになって踏ん張れ！　人を助けるということは並大抵なことではないぞ」

と言ってくれた。もう日が昇り、ガンガンと照り付けている。

その母の言葉がうれしくて、モヤモヤしていた自分の気持ちが一遍に吹き飛んでしまい、帰って行く母のその後ろ姿にいつまでも手を振っていた。

部屋に帰ると、夫は起きていた。

タバコを吸いながら、

「ごめん。何も言えなかった」

ときまり悪そうに言う。

私は、この人に常識というものがあるのだろうかとも思ってしまった。

夫の仕事は材木屋で、勤めてから十年になるという。職を転々としていないだけでも、立派なことだと高く評価した。でもこの近年は、休むことが多くなっていたようだ。朝になると嘔吐がひどく、それが連日になって胃痛を訴え出した。足もだるくてたまらないと言う。体が痒いといって、いつまでも背中をかかせる。夫の目を見ると、私の父親と同じ目をしているのだ。私は肝臓病を疑った。なぜなら父が肝臓を悪くしていたからだ。近くの病院で診てもらうことにした。診察の結果は、まず十二指腸潰瘍、そして肝臓も非情に悪い状態であるという。私は医師に呼ばれた。

「奥さん、ご主人は肝硬変寸前ですよ。ご主人はお酒がやめられないと言っています。ご自分の病気が分かってないようですね」と言われ、夫は入院をすることになった。夫は、自分のアルコール依存は十代の頃からだという。親のことを思い出すと、ついお酒を飲んでしまう。お酒に強くて酔うことを知らないがために、眠りに就くまで飲み続けて、給料はすべてアルコール代になっていたという。医師は、「お酒をやめないと、あなたはお酒で命をとられますよ」「恐ろしい数値が出ていますよ。実際にはもっと高い数値かもしれない」「長く生きることは難しいですよ」と、夫に対して厳しく注意をしてくれた。私はレストランで働きながら、夫の退院を待っていた。

数日後、病院から電話があって呼び出された。夫が無断外出をしてお酒を飲んで帰ったらしい。そのうえナースセンターで何かをしたという。きっと看護婦をからかったに違いない。「今度、このようなことがあれば強制退院ですよ」と医局長に言われてしまった。

それから夫が退院したのは、もう秋になろうとしている頃だった。

私は、夫が退院してからもアロエを毎日飲ませ、シジミが肝臓に良いと聞けば、味噌汁にして頻繁に食べさせていた。それなのに夫は仕事に行かずに、当時はやったゲームセンターに通っていた。

ある日、夫は「お金がなくて帰ることができない。ゲームセンターに三千円持って来てくれ」と、私の勤め先へ電話をかけてきた。私は悪い子供を持った母親の心境になっていた。仕事を終えて、例のゲームセンターをのぞいてみると、夫の姿があった。楽しそうにまだ遊んでいるのだ。私は情けないと思ったが、母の言葉が浮かんできて自分の感情をグッと抑えることができた。私は、夫の横に行き黙ってお金を渡した。

「帰ろう。もうこんなこと最後にしてね」

と言うと、照れて笑った。

その時の夫の姿は、幼い少年のようだった。私からきつい目でにらまれても、それでうれしいのである。その瞬間から、私の気持ちは腕まくり母ちゃんになっていた。

赤ちゃん

もうこたつを出していた頃だった。夫は仕事に行かず競輪場に行き、そのまま夜も帰って来ない日があった。

その日の私は、今まで経験したことのない腹痛で朝から苦しんでいた。病院に行こうにもお金がない。

「なーに、何なの？　この痛みは」

涙が出る。痛みだけで泣いているのではない。したい放題の夫に対しても悲しくなっていた。こたつに入り、こたつの天板に頭を押し付けて、「母ちゃん」と声を出して泣いてしまった。天板の上を私の涙が流れていく。止めどなく流れている。やがて天板の縁に届き、方向を変えて私のほうに流れてきた。そばにあったつま楊枝を一本持って、涙の道をたどってみた。

「ウッ」おかしい。変だ。トイレに向かって歩いた。もうその辺りは、私の出血で汚れていた。流産したのだ――。

「赤ちゃん、ごめんなさい。ごめんなさい」と泣きながら、自分で辺りをふきあげた。

翌朝、夫が帰って来て、私に、

「タバコ買ってきてくれ」

と言う。私は、

「昨夜、流産したから歩くことができない」

と言った。すると、

「ゆっくり歩いて行けばいいじゃないか」

と言う。「信じられない。ほかに言葉はないの？」と言いたかったけれど、私は意地になってタバコを買ってきた。その後も、涙がただ流れてきて止まらなかった。夫に対して、その身勝手さに怒りを覚えた。怒りだけで泣いている訳ではない。流産をしてしまったことに、自分を責めて泣いてもいる。流れてしまった赤ちゃんを思って泣いた――。この涙は、この気持ちは、男なんかには絶対に理解できないだろう。命を育む女にしか分からない懺悔の苦しみに襲われるのだ――。

そして次の子もまた流産してしまい、「自分には赤ちゃんが授からないのか」と半ばあきらめていた。私が赤ちゃんをいたわることなく働いていたせいでもあった。

でも次に妊娠した時は、赤ちゃんがお腹の中で八ヵ月まで育ってくれているのに驚いて、慌てて婚姻届を提出した。というのは、いつでも夫と別れることができるようにと思い、ギリギリまで届けなかったのである。

この赤ちゃんは、きっと男の子だと思うようになっていった。それは、母方の祖父の夢を見てからだ。その夢とは祖父が車を運転してやって来て、隣の席には前田家の恩人である母の友人が乗っている夢なのだ。その祖父が私に言う。

「れいちゃん、おまえの世話にならないといけなくなった」と——。

祖父は、三年前に他界している。母の友人も二年前に他界している。その二人がいつも生前に口にしていた言葉がある。「今度生まれ変わるとしたら、前田の家に生まれてきたい」と言っていたのだ。祖父は痴呆の症状が出てからは道路を這うようにして来て、母から体をきれいにしてもらっていた。

私はさっそく男の子用のベビー布団とおくるみなどを準備して、生まれてくる日を待っていた。

翌年、夫の妹が正月休みで遊びに来ていた。三人で鍋を囲んで楽しく話が弾んでいた時、ズーンと陣痛がきた。夫に言うと、怖い顔をして布団をかぶり寝てしまった。私は陣痛の周期が縮まってから病院に行こうと思い、痛みを我慢していた。声を出すことなく、静かに痛みに耐えていた。

するといきなり夫が、

「早く病院に行け！　俺は知らんぞー」

と大きな声で私をにらみ、また布団をかぶってしまった。びっくりしたのは妹だった。

「お姉さん、兄貴ってこんな人？」

と驚きと心配の表情で、私を気遣っている。

「そうだよ。私もう病院に行くからね。私一人でいいから、お兄さんを頼みます」

と言うと、妹は、

「嫌だ。私も病院に行く。私、兄貴と会ったの初めてだから怖いよ」

と言う。

病院に着いてからが長かった。夜が明けて昼になり、そして、また夜になった。私は意識が朦朧となり、前夜に使った白菜が目の前を次から次に流れていくのだ。

バシバシ！　と顔を殴られた。

「ママが眠ってどうする！　赤ちゃんは一生懸命に頑張っているのに、ママが頑張らないと、赤ちゃんは苦しいんだよ」

気が付くと、隣の奥さんが立っていた。難産だった。陣痛が始まってから二十四時間たった頃、やっと生まれた。仮死状態だった。泣き声がしないのだ。私は「やっぱりダメだったのか」とあきらめて目を閉じたままでいた。どのくらい時間がたったのだろう。

突然、

「オギャー」

と聞こえた。

「生きてる。生きていた！」うれしくてうれしくて、母親になった幸せを感じていた。

夫は病院に来ても、私に対して何の言葉もなかった。

「親に電報を打ってね。男の子が生まれたと」

「もう打ったぞ。母子ともに健康と付け加えて」

と言う。私は、

「さすがパパね」

と褒めたのに、いつの間にかお産費用の中から三万円を抜き取っているのにはガッカリだった。競輪場が近くにあるので、また行ったのだなと分かった。と同時に、今後の生活に不安を抱いてしまった。私が働くことができない分、覚悟をしておこうと思いながらの一週間だった。

何とか無事に退院でき、赤ちゃんも心配することなく、すくすくと育ってくれた。赤ちゃんの名前は直道（なおみち）と命名した。それは、私が「道」という字が大好きなので一文字を入れてほしいと、夫に頼んだからだ。

幸せ

その頃の夫は、喜び半分、不安が半分で、少しずつ父親らしくなっていた。私も夫に対しては、決して北風にならないように、いつも太陽のように努めていた。いつかは分からないけれど、時間がかかるかもしれないけれど、きっとそのコートを脱がせてみせるという思いで、夫に接してきた。

夫は私に、

「月に一度は里帰りしなさい。ジイちゃん、バアちゃんに直道を見せてやってくれ」

と言うようになっていた。

直道が一歳の誕生日を迎えた頃のこと、

「バアちゃんたちを小倉に連れて来るゾ」

と夫が言い出した。唐突なので驚いた。

「まず私が実家に帰って両親に相談をしてからね」

と言って、私は直道を連れて実家に帰った。

母は、

「父さんが行くと言うなら、小倉に行くよ」

と言ってくれた。姉も、

「れいちゃんのそばに行きたい」

と言う。最後に父の寝床に行き、

「お父さん、小倉に来る？　私たちの所に来てほしいのだけどな……。彼も待っているんだよ」

と言うと、

「行くぞ」と大きい声。ハッキリとした口調で二つ返事だった。

こうなったらもう早い。一ヵ月後には引っ越して来て、家族六人の楽しい生活が始まっていた。夫の体調も幾分良くなり、仕事も順調に行っているようだった。

それから一年後、長女あゆみが生まれた。夫はよほど女の子が欲しかったのだろう。友人たちに「今度は女の子が生まれるゾ」と楽しそうに話をしていただけに、夫の喜びようは大変なものだった。私も次は女の子だと思っていた。それは、夢の中のあの記憶が強く残っていたからで、母の友人の言葉の中に「私はこの家に、女の子として生まれてきたい」と言っていた。それゆえ、私は女の子にこだわっていた。出産で入院する時には、すべて女の子用を準備した。婦長さんが、

「先見の明がありますね」

と笑っていた。

退院する時は、ピンクのおくるみに包まれた赤ちゃんを夫がずっと抱いていて、私が荷物を持つという、ちょっとおかしな光景だった。

あゆみが生まれてからの夫は、以前の夫ではなかった。とても子煩悩で「砂糖に蜜をかけたみたいだね」と近所の人に言われるほどだった。母が胆石で入院したことがあった。母でも、私が父の世話をすることができてよかったと、夫に対して感謝の気持ちを抱くよう

になっていた。父のオムツ換えと毎日のオムツ洗いも、私にとっては幸福の形の一つになっていた。病床の父の周りは、いつも立派な盆栽や珍しい花の鉢がズラリと並んでいた。それは、父の趣味が盆栽であったことを知っている夫が買い求めて与えた物だった。父はとても喜んでいた。

「これは何という花だ?」

「それはハイビスカスというのよ。南国の花らしいよ」

「そうか、美しいのー」

と手を差し伸べて、父は飽かずに眺めていた。

父

父が他界したのは私が二十七歳の時で、直道の幼稚園の入園式があったその二日後だったように思う。亡くなる前夜に、夫が「ジイちゃん、これ食べよ」と鯛のお造りとメロンを買ってきたのだ。そしてそれをおいしそうに食べて、翌朝に息を引き取った。

父は全く苦しむことなく、ほんとに眠るように逝った。夜中に、父が、

「母ちゃん、母ちゃん」

と小さい声で母を呼ぶ。

「どうした？　どこか痛いのかな？」

と母が優しく聞く。

「いや、何でもない」

と目を閉じたまま答える。それを何度か繰り返すので、いつもと違うことに何か母には感じ取るものがあったのだろう。「今夜は気を付けよう」と母は眉をしかめて言った。その夜は、母と姉、それに私の三人が仮眠程度で、父から目を離さないようにしていた。朝方、母が「お父さん……お父さん」と呼んでも父からの返事がなくなった。それまではうなずいて返事をしていたのに――。母と二人で、ずっと父の脈を取りながら様子を見ていた。その脈が弱くなり、私が「脈が弱くなったね」と少し焦った気持ちで言ったすぐその後に、「キュー」という音だったのか、声だったのか、かすかに聞こえた。私は母と目を合わせた。脈がない――、終わったのだ。昭和五十二年四月十三日、父は他界してしまった。六十九歳の父の魂は、この体からもう抜けているのだ……。

こんな死に方ってあるのだろうか。まるで自然の中に溶け込んでいったように感じた。父は十年間寝たきりの状態でいたものだから、床ずれができていた。母は血行を良くするために、真心を込めて毎日必死に手当てをしていた。けれど亡くなる前は治癒力が弱くなっていたので、「もしかして」と家族で話をしたばかりだった。母は悔いのないように尽くしてきた。その父の顔は「満足しているよ。母ちゃん、ありがとう」と言っているような穏やかな表情をしていた。でも、母には誰にも分からない、計り知ることができないほどの思いが込み上げてきたのだろう。堰を切ったように声を押し殺して泣いた。その後で母は、父の顔を優しく幾度も幾度も撫でていた。そこに夫婦の情愛を見たような気がした。

父が他界して二十五年たった今でも、幸せに満ちた父の笑顔が浮かんでくる。時々「プクプク」とおかしな笑い方をすることがあった。鼻の下を膨らませて笑いをこらえているように見える。だけど、我慢できなくて吹き出してしまうのだろう。それが思い出に残っている父の笑い方だった。

私は夫のお陰で、父に親孝行をすることができたと思っている。

夫の暴力

夫に点数を付けるとすれば何点だろうか。お酒さえ飲まなければ満点をあげるのに、「お父さん、お酒飲み過ぎよ。もうやめてちょうだい」と言うと、大変なことになる。目が据わりだした時は、特に危険な状態になる。いきなり分厚くて大きい灰皿が飛んで来る。こたつを蹴飛ばす。私を蹴る。力いっぱい肘で背中を殴るので、もう私は動くことができなくなってしまうのである。私は声を出すことができずに、ただ耐えている状態でいた。このような夫の暴力が、結婚してから三度あった。

三度目の時は、息子に助けられた。息子が小学四年生の時だった。ちょうど私がひどく夫から叱られている時だった。

「どうしたの？　お母さん、どうしたの？」

と驚いた顔をして私を見る。息子は異常な雰囲気に気が付いたのだろう。夫から私を守るように、私にしがみ付いてきた。夫はその場で棒立ちになり、荒れた呼吸を整えている。

すると、息子が、

「お母さん、涙をふいて！　ハイッ笑って。でないと、あゆみが帰って来る」

と言い、父親の様子を見た。そして大丈夫と分かると、また外に出て行った。

息子がこれほど妹のことを気遣っているのかと思うと、私の心が慰められると同時に強く励まされた。

それまで「泣くもんか！　泣いてどうする」と我慢の限界のところで頑張っていたのに、それが一気に崩れてしまった。のどにつかえたような痛みを感じて、涙がドッと溢れ出てきた。「あんたからの暴力で泣いているんじゃない。直道の心根に涙が出たのだ」と思いながら、私は夫を見上げた。この時の私は、夫に対してのあきらめと疲れを強く感じていたように思う。

「私の心はもう決まりました。別れてください。私にはあなたに対して、もう愛情もありませんから」

ついに私は、言ってはならない言葉を口にしてしまった。すると夫の顔が一瞬にして曇り、すぐにリビングから出て行った。常に見捨てられることの不安感を持っている夫には、少しかわいそうな気がしていた。「バタン」と、母の部屋に行くドアの閉まる音が聞こえた。母の部屋といっても、アパートを二軒分借りて一軒としているので、お互いにプライバシーは守られていると、私は思っていた。が、実はそうではなかった。今回はさすがに、それは守られなかったようだ。私は声を出さずにいたけれど、夫の声が大きかったのだろう。母にはすべて見られていたようだ。後で母にいろいろと聞いてみると、もし私が助けを求めたら、すぐにでも止めに入るつもりで見ていたらしい。

　母は「我慢をすることがつらかった。苦しかった。心臓によくない」とも言い、同居するマイナス部分も私に話した。私は一番気になっていることを母に聞いてみた。それはけんかの後で、母のところへ行った夫の様子についてだ。

　すると母はクスクスとうれしそうに笑ってから、身ぶり手ぶりで話しだした。その時の夫は、「バアちゃん、れいこが俺と別れると言うた。俺はどうしていいのか分からん」そう言いながら、幼い子供のように泣きじゃくって、自分にしがみ付いてきたのだと、母は両手を差し出しながら言うのである。その時の母の顔は私の母ではなく、夫の母親の顔になっていた。母は、夫に言ったそうだ。

「大丈夫！　れいこは別れたりしないから。それよりあんたも悪い。大の男が女をあれほど手加減せずにたたくものではない。あんたが先に寝込んだ時には、誰が世話をするんかい？　れいこが体を傷めたら、思うようにあんたの介抱ができなくなるんだよ。この自分のようにな……」

私はよくぞ言ってくれたと、母に礼を言いたかった。

私には、母が「この自分のようにな……」でやめた後の言葉がよく分かる。それは、父も母に対して、すぐに暴力を振るっていたのを聞いたことがあるからだ。父の実家での仕事を断ればいきなり怒り、六尺棒を手に持ち、母を殴って実家の仕事を強要していたと――。それが原因で母は肋膜炎になり、よく胸の痛みを訴えていた。そして、「父さんの介抱をする時にも胸が痛んで困る。男の体は重いから――」と時々愚痴をこぼしている母の姿があった。

夫が母に説教されてからは、もう暴力はなくなっていた。ただ、夫は親のことが原因でお酒を飲み続け、お酒で自分の気持ちをごまかしている。この先、お酒が原因で自分の命を取られてしまう夫が、今思えば不憫で仕方がない。

夫が養子になる

昭和五十六年十二月、その日は足立山から吹き降りてくる風が冷たく雪交じりの日だった。娘が鼻を赤くして学校から帰って来て、ストーブの前から離れようとしない。

「そうだ。今夜は温かいお鍋にしよう」と、その日の晩ご飯は水炊きになった。みんなで楽しく食事を済ませた後で、夫が「お母さん」と私を呼ぶ。「ハイ、何でしょうか」とエプロンで手をふきながら、夫のそばに行った。

「俺は、おまえとの約束を果たしていなかった」

「えっ、何の約束?」

「俺は、バアちゃんの養子になるぞ」

と思い出したように言うのである。

「どうしたの? 急に。そのことについて、私は何も言ってないよ。だって、あれから十年になるしね」

「だから急いでほしい。明日から動いてくれ。頼むから」

と、私を急がせるのである。

次の日、夫が実家に電話をして養父母の承諾を得たと言うので、私はさっそく役所に行き、手続きをした。次は裁判所に行き、書類を提出する。

「へえ、養子から養子ですか。珍しいですねー」

と窓口の人が言った。

その日に、私と夫は前田姓になった。そして一週間後に子供二人も前田に入籍をすることができた。姓が変わることを子供に話すと、二人とも「いいよ」「私もいいよ。おもしろいね」と、すんなり受け入れてくれてうれしかった。

後日、友人からおかしな電話があった。

「梅野さん、どうしたの？　子供から聞いたんだけど『梅野君が前田君になったんだよ』と、私に言うのよ。もしかして離婚をしたの？」

と心配そうに聞いてくる。

「みんな、そのように思うんだ！」と、ついおかしくなって大笑いをしてしまった。

その友人も、私の説明を聞くと、

「なあんだ。でも良かったね」

と笑いながら言った。

三人の母

夫が前田の養子になることについて、梅野家の人に反対をする人が一人もいなかったことに感謝した。けれど親戚に采配を振りたがる人が一人いたようだ。でも、養母がこと細かに話をしてくれて、その人を納得させてくれた。

この養母と私は、とても仲が良かった。だから、お盆とお正月、それに茶摘みのシーズンには、養母のいる梅野家に必ず里帰りをすることが毎年の恒例になっていた。茶摘みが済むと、五右衛門風呂の前でいつも養母と話が弾んでいた。それは二人で、夫の悪口を言うことだった。養母から、他人の子を育てることの難しさも聞いた。聞いているうちに、養母は心の広い人なのだと感じ取れた。

「自分が姑に苦労したから、れいこさんには絶対させないつもりだよ」とも言ってくれた。学ぶことの多い養母だった。

養父についても少しだけ書きたいと思う。私はそそっかしいところがあるので、食器や徳利などをよく割っていた。それを見ていた養父は、

「唐津も割らんと唐津屋が儲からん」

と笑いながら、私をかばってくれるような人だった。

昭和五十七年五月下旬、養母から電話があって、

「茶摘みも終わったことだから、小倉に行ってウオノメの手術をしたいのだけど、いいだろうか」

と言う。私は喜んで養母を迎えた。

養母のウオノメの手術も終わり、その傷あとも落ち着いてきた頃のことだった。夫の叔母が、夫の実母を連れてやって来たのである。夫の養子先は、実母の兄である伯父の家だった。だから叔母と実母は姉妹なので、一緒に来ても不思議ではない。けれど私は少し困ってしまった。それは、両方の母親を大切にしたいと思っていたからだ。それともう一つの理由として、私は夫と実母だけの時間を……などと余計な気を回し過ぎたからである。「何とかなるさ。言葉に気を付ければいい。頑張れ！　れいこ」で、料理が好きな私はいろいろと自慢の手料理で食卓をにぎわせ、会話を弾ませる努力もしていた。

翌日、昼食が済んでから、私の母を交えての四人の会話が弾みだした。その日は休日で、夫は朝からゴロゴロしていた。寝室にいると思っていた夫が、リビングに出てきて座った。そして両足を投げ出した。それも私の母の前ではない。私の母は少し離れた位置で話を聞いている。

夫は「俺、足が痛くて……というより、だるくてたまらん」と言いながら、自分の足を揉み始めた。「エッ」と私は思った。夫の足へすぐ手が出せる位置にいるのは、実母と養母である。夫はそれを考えて座り、また計算して足を伸ばしたかのようにも見えるグッドな位置だった。夫と二人の母親、それぞれの三人の心の中を今、私はのぞこうとしている。両母の思いが複雑であることは分かっている。きっとテーブルの下で優しい母の手が、この夫の足をさすっているかもしれない。誰が本物の愛の手で、夫の足に触るのだろうか。一瞬、大岡裁きが私の頭をよぎった。とても時間が長く感じられる――。と、その時、私の頭の中にいなかった人物の手が動きだしたのだ。優しい言葉と一緒にポワポワの手を出して夫の足を揉みだしたのは、私の母だったのである。

「ここが痛いのか？　ヨシ、バアちゃんが揉んでやる。こっちに来て横になってごらん」と言い、夫を隣の部屋に誘った。すると、ずっと黙っていた三人が急に明るく笑いながら話を続けだした——。

私もホッとした。笑いも裾広がりのようにいろいろな笑いがあることに気付いた。そして寂しく見える両母をいとおしいと思った。

笑い、この言葉について、これほど思い巡らしたことはなかった。悲しい笑いに寂しい笑い、困った笑いにごまかし笑いと——。みんな微妙に違う。まだまだ人の心の数だけの笑いがあるに違いないと思った。

あれから三時間がたっていたので、私は隣の部屋をのぞきに行った。夫はスースーと眠っている。母は、まだ夫の足を揉んでいるではないか——。

「まだ揉んでいたの。手が疲れたでしょ？　お茶でも飲んだら」

と言いながら、私は母のその手を抑えた。

「かわいそうに……」と母はつぶやき、夫の寝顔を見ていた。

新しい仏壇

養母たちが帰ってからのことである。

夫が、

「バアちゃんが今一番ほしいと思っている物、分かるか？」

と、私に尋ねてきた。

「あんたが養子になってくれたんだから、もう何もいらないよ。きっと」

「じゃあ、自分が勝手に決めてプレゼントしよう」と言いだした。

「何を買うの？」

「仏壇」

と言う。そして、いかにも「いい思い付きだろう」と言わんばかりの得意顔をしている夫を横目に、私は頭の中で電卓をたたいていた。でも、今タンスの上に置いている小さな仏壇のことを考えると、母はきっと喜んでくれるだろうなと思い、私は夫の考えに賛成をしていた。しかし、後になって、この仏壇は「夫が自分のために用意したのでは？」と思われるほどのタイミングで購入した物だった。

家の前に一台の車が止まった。我が家に仏壇が届いたのだ。母の理想である、大きめの黒い仏壇で光沢があった。

夫は、

「バアちゃん、一ヵ月遅れだけど、俺から母の日のプレゼントだよ」

と言って、先祖にお酒を供えた。

母はビックリしたものの喜びは隠せないようで、仏壇の前に座り、いつまでも灯明を見つめていた——。夫が、そっと母の後ろに行き、静かに座った。しばらく二人で位牌に手を合わせていた。

夫が、

「バアちゃん」

と呼んだ。

母は振り向いたが、慌てて体の向きを変えた。そして夫の目を見ながら、

「何かな?」

と尋ねる。

「バアちゃんが、俺のほんとの母親だということが分かったよ。俺は、人の腹を借りただけなんだ」

と夫が言いだした。何も言わないで聞いているだけの母が、夫の胸の中に蓄積されている言葉と思いを引き出しているかのように見えた。夫は次から次に幼少の頃の心の苦しみまで、母にぶっつけて話し始めた。

「俺、今は親を恨んでないよ。だけど、子供の頃に誰かが勇気を持って、俺にほんとのことを話してくれたなら、こんなに長く悩むことはなかったと思う。聞いたその時はショックかもしれないけれど、成長するのは体だけではなくて、自分の心の悩みも順を追って大人になっていくんだよ」

夫の声に力が入っていた。

「この家には書籍が少ない。これからもっと活字の良書を求めて目を通しなさい。そうすれば、自分の気持ちが楽になるよ」

と、母は優しい顔ながらも厳しい言葉で言った。

私は、仏壇に供えた残りのお酒を少しだけ夫に飲ませてあげようと思い、燗をつけた。肴にはとっておきの鯨の尾の身を出した。母と目で合図してから、私は夫の手を引いてテーブルに座らせた。

「今日は、お仏壇が我が家に来たお祝いだよ。二人で飲もう」

「おー、お盃はいいなあ」

と夫は喜んでいる。

お銚子二本目になった時、私はピッチを落とすために盃を一つにした。

「今日は飲みなさい。飲んでいいよ。飲んだらいい……」

と夫に言い、高ぶっている夫の感情を静かにしてやりたいと思いながら酌をした。

私は、お酒に強くもなく弱くもないといったところで、夫に付き合った。

「ハイッ、あんた」「今度は、おまえ」と夫の話を聞きながら、差しつ差されつ飲んだ。

そのうち、私はほろ酔い気分になってきた。でも、夫の心に私の心を重ねながら飲んだので、おいしく飲めた。

いつしか私は、川中美幸の『ふたり酒』を口ずさんでいた。ちょうどさびの部分にきた時である。夫が、

「俺は幸せだなあ。おまえと一緒になって良かったあー」

と言ったのである。私は、

「ウンウン。私も同じだよ」

と答えた。でも、この後の言葉が、ちょっと期待はずれであった。

「おまえと一緒にならなかったら、俺はバアちゃんと姉ちゃんに会うことができなかったよ」

と続いたからだ。私は「ガクッ」とした心境だったけれど、こんなにうれしい言葉は他にないと思った。

夫は焼肉が大好きで、週末には私と子供を連れて、よく近くにある焼肉屋に出かけていた。子煩悩の夫は、その帰り道に二人の子供を交互におんぶしていた。

「次は電柱まで、あゆみだよ」

「ハイッ、今度は兄ちゃん。次の電柱までだよ」

そのうち、いつも親子で行う恒例の行事の場所に来た。広い空き地がそこにある。

「ワーお母さん、あんな所で、また兄ちゃんとお父さんが並んでオシッコしているよ」

「ヤダねー」

この光景も、今では懐かしい思い出となっている。そして、私の中で、後ろ姿で並んだ二人が、残影として黒い額縁の中に収まっているように思う。

夫の死

その日は、子供の夏休みが始まったばかりだった。朝五時過ぎ、「バタンバタン」とトイレのほうから激しい物音が聞こえてきた。「夫に何かあった！」、すぐにそう思った私は、トイレまで走った。見ると、夫は仰向けの状態で倒れていた。排尿があったようだ。倒れたままで――。

「俺はどうしたんだ……俺は何をしているんだ？」

と回らない口で言っている。

「取りあえず、下着を替えようね。きれいにふいてあげるから」

一一九番に通報してから、きれいにしてあげればよいのに――。しかし私は、すぐに通報することなく、熱い湯で下をふき始めた。そして、床もふき上げ、新しい下着を出して夫にはかせた。「これで救急隊員が来ても恥ずかしくない――」。何てことをしているんだろう、自分は。早く電話をしなければいけないのに……でも近所の人たちはまだ眠っているはずだ。きっとみんなビックリして起きるだろう。そして、数人の野次馬が来るだろう。嫌だな。そうだ！　サイレンを鳴らさずに来てもらおう。決まった。そして、やっと受話器を取り、通報した。

「これは誰の手だ？」

自分の左手をつかんで私に聞く。

「お父さんの手だよ……」

「ウッウッ」

と夫が嘔吐し始めた。

「やはり、脳に異常が起きたのだ。私は夫の体を動かしていない。だから大丈夫」

サイレンの音が近づいてきた。えっ、何で？　サイレンを鳴らさないでと言ったのに――。無理か、やはり無理なのだ。私の考えることはどうかしている。こんな時に、そこまで気を使って、おかしいよ。おまえは……。

「奥さんも乗ってください」

と言われ、ハッと我に返った。

「前田さん、前田さん、私の声が聞こえたら、私の指を握ってください。もう少し、強く握ってください。まだ意識はしっかりしていますね」

と、隊員が私を見て言う。搬送中は意識があった。だから、私も夫の手を握り、「頑張れ、頑張れ」

と、心の中で言い続けていた。

やがて病院に着いた。隊員の人たちはエレベーターで、夫を搬送して行った。

広い待合室に私が一人。静寂が私の意識を吸い込んでしまう。

「どうしたらいいのだ。どうすればいいのか」、頭の中が風船を幾つか吹いた後に来るジィーンとしたような状態になっていた。夢だ――。これは現実ではない。だって昨日、あんなに町内の友人を集めて楽しそうに飲んだばかりなのに……。前日は長崎大水害で死者行方不明者が多数出たと聞いたが、私は他人事のように思っていた。実際、かわいそうと思っても涙を流すことはなかったのだ。その報いなのか……ごめんなさい。自分の幸せにおぼれていた私を許してください。だんだん自分の気持ちの周りに薄い氷が張っていくのが分かる。冷えて痛みを感じるほどに自分を責めた。「私は何て冷たい人間だったんだ――」

エレベーターのドアが開いた。隊員たちが帰って行く。

「ありがとうございました。お世話になりました」

と一礼して、ペタンと座ってしまった。

「奥さん、頑張ってください」

と隊員の一人が、声を掛けてくれた。優しい声音だった。とてもうれしくて私の心にホロッと絹の衣を掛けてもらったような感触を覚えた。その日の午後に、夫は頭部の手術を受けた。私は夫に必要なオムツ、バスタオルなどを買い求めに近くのショッピングセンターに行き、親戚にも電話を入れた。一時間ほどして、夫のいる病院に戻ってみると、夫ののどに人工呼吸器が取り付けられている。その姿を見て、私は立ちすくんだ。私が買い物をしている間に、夫の呼吸が止まったと言う。出血した血が脳幹まで達しているので、よく持って一週間だろうと夫の執刀医から説明を受けた。七月三十日までの命だ「何ということなのだ……」。その時から私は、医師に何一つ問いただすことができない状態になってしまい、そのまま五日が過ぎた。

一日のうち、面会の回数が二回しかない。白衣に着替え、ＩＣＵに入る。でも、この現状では私は夫に何もしてあげられないのだ。ただ呼吸器の音が数秒の狂いなく規則正しく、私の胸を打ち付けるように聞こえてくるだけ。何と苦しい音なのだ。私は夫の足の甲をさすりだした。温かい！　生きているんだ。そうだ、まだ生きているのだ。手にもそっと触れてみた。やはり温かい。生きている。この温かさは、この手は、私が愛している夫の手だ。

「人間の心は、どこにあると思う？　私はね、手のひらの中にあると思っているの。だからね、こうやって手を握っているだけで、会話ができるんだよ」

と、夫によく言い、私がよく握っていた手が、今こうしてここにある――。

また、夜が来た。何度夜が来ても、今の私は眠れない。友達が、娘のあゆみを連れて来た。

「れいこさん、おいしいおにぎりを持って来たから、これを食べて頑張ってね。あんたの好きなおかずも入っているよ」

と、わざわざ私のために作って持って来てくれたのだ。

その友人は料理が得意で、優しくて、肝っ玉母さんのように、困っている人を見たら放っておけない性格の人だった。彼女の気持ちは、とてもうれしくてありがたいと思った。でもなぜか、私の胃袋が何も要求しないのである。自分の脳は、空腹を訴える指令を出すことにストップをかけているのではないかと思われるほどに――。

彼女は、

「食べたいと思った時に食べなさい」

と言い残し、弁当と冷たい麦茶を置いて帰った。

その夜は、狭い待機室で娘と寝ることになった。私と同じ状況の人が他に三人いた。六十を過ぎていると思われる女性が、夫のことを心配していろいろと聞いてくる。

「植物状態でもいい、生きていてほしい」

と私が言うと、その婦人は、

「一年や二年だったらいいかもしれん。その状態が五年以上続いたら、また、あんたの気持ちが変わってくるよ」

と言った。そうかもしれない。でも現状では、ただ生きてほしい。死なないでほしい。それだけを願っているのに……。そのうち、あゆみが眠ってしまった。あゆみの寝顔を見ていると、むやみに涙が流れてくる。ふいてもふいても流れ出てくる。部屋から出れば涙腺が閉まるかもしれない……。私は、あゆみにタオルを掛け直して部屋を出た。

通路の窓から夜空が見える。何となくスモッグがかかっているようで、「空気がよどんでいるんだな。喘息のあゆみには、今日は悪い日だな」と、壁に体を押し当てて夜空を見ていた。病院から少し離れた所に、新しくできた高速道路が見える。そこからなのか、

「ヒューン、ヒューン」と、悲しみのリズムのように車の音が耳に入ってくる。どんな人が運転をしているのだろう。

誰も知らない……。私が今、こんなにつらくて悲しいことを――、誰も知らない。やがて朝になり、その日の十時ごろ、夫の容態が悪くなった。呼ばれてICUに入った時には、もう心臓マッサージが行われていた。医師が汗を流し、時間をかけてマッサージしてくれている。感謝をした。でも次に行われた電気ショックの音にはとても耐えられなかった。

夫が壊れる。「もういい。もういいからやめて」と、心の中で叫んでいた。医師が時計を見て、私に臨終を告げる。その時の私は、もう呆然としていて気が抜けてしまっていた――。

夫に取り付けていた装置が荒々しく外され、エンゼルケアが行われ始めた。

「奥さん、体のどこでもいいからふいてあげてください。奥さんがふいてあげたいと思うところをどこでもいいですよ」

と、看護婦が私にスチームタオルを渡す。

発熱があったのか、夫の胸の上には最後まで氷嚢が置かれていた。それにしてもさぞ冷たかったろう。私は、温かいスチームタオルを夫の胸にそっと当てた――。温めてあげたかった。その途端、私の体の中からマグマが突き上げてくるような強い悲しみが込み上げてきた。

「できないよ――。私にはできないよ。なぜ今すぐに、こんなことをしなくてはいけないの？　少し時間をくださいよ」

ＩＣＵで声を出して泣いてはいけない。そう思い、走って通路に出た。持っていたタオルで口を押さえ、大声で泣いてしまった。全身のエネルギーが泣き声とともに抜け出してしまったかのようだ。昭和五十七年七月三十日、夫は他界した。まだ四十歳だった。

棺の中の夫への最期のお別れの言葉は、

「お父さん、ご苦労さまでした。私たち家族は幸せでした。ありがとうございました」

私は、夫に愛と感謝の意を込めて言った。

第三章　母の死

郷里へ

蝉の声がジイジイと強く聞こえてくる。

夫が他界してから、新盆がすぐ来た。まだ残りの雑用に追われている頃だった。

姉がリビングに来て、

「れいちゃんに尋ねたいことがあるんだけど」

と、いつものようにボソボソと言い出した。

「なあに?」

「あのね、バアちゃん（姉も母のことをバアちゃんと呼ぶ）がね、郷里に帰りたいと言って、私の前で涙を流したんだよ」

と、何かを言いたげに話をしてくる。私にはもう分かっている。姉が私に言いたいことは、他に考えられないからである。

「母を連れて郷里に帰ろう。みんなで帰ろうよ」

と言いたいのだ、きっと。

やはり、そうだった。

私もこれからのことについていろいろと考えていた時期だったので、ちょうどよかった。姉の意見を参考に、その夜眠らずに考えてみた。明け方には、もう頭の中では半ば心を決めていた。母をここで死なせることになれば、自分は一生悔いることだろう。そう思ったからだ。

次の日、家族の前で「私の希望なんだけど、聞いてほしい。お父さんのいないこの小倉では、私は生きていけない。だから私と一緒に郷里に帰ってほしい」と言うと、みんなはすんなりと賛成した。私の心の中では、すんなりとはいかなかった。それほど「故郷には帰らないぞ、帰りたくない」、小倉を郷里として築いてきたものがあったから——。

私がいつも明るく楽しそうに演じていても、夫を亡くしてからの母たちの不安をぬぐうことはできなかったのである。私はまたここで、人生の大きな岐路に立ったようだ。双六でいうと、振り出しに戻るような感覚になっていた。

「でも違う。子供がいるではないか！　前田家の跡取りができ、夫とそっくりな娘もいるではないか」

今日から私は男として生きていかねばと腹に決め、人生の計画を立て始めた。夫の四十九日が済むとすぐに故郷に引っ越した。昭和五十七年九月七日だった。

伯父が用意してくれた家の周りには真っ赤な彼岸花が咲き、まるで私たち一家を歓迎してくれているかのように見えた。

家はとても古くさかった。でも四部屋もあるし、月七千円の家賃は魅力だった。ただ、備え付けの仏壇を絶対に開けないでほしいと、東京に住んでいる家主が言うのには少し疑問を感じた。でも、もう今さら何を言っても仕方のないことだ。近所の人たちは、とても良い人ばかりで安心した。まず子供二人の転校届けを済ませて、私は自転車で通える距離の紡績工場に就職をした。子供たちは学校が小さいことがおもしろいと言う。通学途中に小川があって、小魚がたくさん泳いでいる。その魚と戯れて、二人は幾度か学校に遅刻をしている。

良いところもあれば、困るところもある。困るのは近くに商店が一軒もないことぐらいだ。でも近所の人が、毎日野菜を持って来てくれる。これは助かるので、とてもうれしかった。小さい村なので、私たち家族の噂はすべてに行きわたっているようであった。

下校中の二人の子供を見付けると、果物やお菓子を両手に持たせてくれるお年寄りもいた。

霊騒動

引っ越し先に落ち着いてから、私は家具を移動し始めた。自分の都合の良いようにと、タンス類を動かした。例の仏壇の前には、洋服ダンスを置いて見えないようにしてしまった。

すると、その晩から私は金縛りにあいだした。九月というのに寒さで震え、どんなにあがいても体が動かないのである。目はしっかりと開いているので時計を見る。午前二時だった。私は母が唱えるお題目を唱えだした。絞るような声で、口はあまり動いていないけれど必死で唱えた。すると、今まで何もなかったかのように、体が軽くなっていった。

翌朝、誰にも話すことなく会社に行った。私だけなのだろうか。話せばみんなが怖がるのでもう少し我慢をしようと思った。でも、それが一週間続いた。やはり二時に決まっている。そんな日曜日の朝食の時、姉が言いだした。

「ここ一週間、私は同じ夢を見るの。腕から先だけの白い手が片方出てきて、私に何かを欲しがるのよ」

私は驚いた。すかさず母が、

「エリちゃんもかい？　私も全く同じ夢を見た。それも、もう一週間になる」

と言うではないか。

私は近所の人に聞いてみた。

「あの家で何かあったの？」

と言うと、

「あんたの伯父さんが言わないのに、私たちの口から言うわけにはいかない」

「私は、あの家を出たほうがいいと思うよ」

「私は、あの家嫌いだな。行きたくもない」

と言う言葉が返ってきた。

私はさっそく仏壇を開けてみた。すると、そこにたくさんの位牌があった。現実を伯父に話すと、「この家を出たほうがよかろう」と言うだけだった。私はすぐに空家を探した。母が生まれ育った生家の近くに、手ごろな値段の借家があった。スーパーが隣にあり、薬局も病院も近い所にある。私はすぐに契約をして引っ越しをした。とても慌ただしかった。

母は生家の近くに戻って来たことを大変喜んでいた。この家も築百年以上たっていると、紹介者が教えてくれたので、改めて見直してみた。よく見て回ると、それなりにかなり傷んでいる部分があった。シロアリの集団もいそうだ。でも敷金、礼金はなしで、前家賃の三万円でいいと言う。家主の出すこの条件に、断る理由はなかった。

間取りは八部屋あり、キッチンが土間になっている。そこには懐かしいかまどがあった。風呂場は、やはり五右衛門風呂なのだ。そして、そこには自慢できそうな部屋もある。その部屋は天窓があり、夜になると星空が楽しめる素敵な部屋である。二人の子供は走り回っている。部屋数が多いことがうれしいのか、二階に上がったり下りたりと、まるでアニメ映画の『となりのトトロ』に出てくるサツキとメイのようにはしゃいでいた。あの物語のようにススワタリがたくさん出てきても、決して不思議ではない。そんな古家での生活が始まっていた。

子供はまた転校することになり、実に申し訳ないと思った。私は以前の会社に勤めることのできる距離にと思い、家を探したので何の問題もなかった。家のそばに大きな川があり、その川沿いの土手を、私は毎日自転車で通勤している。過去を思って元気のない日は、その自然が、私の心に語りかけてくれる。水辺で餌をついばんでいるさまざまな水鳥たちが、とても可愛い姿で和ませてくれる。ときおり吹く風が「おいしい空気を召し上がれ」と、私の顔を撫でていく。次に来た少し元気のいい風が、私の髪をかき上げて「バカだなあ君は。こんなに素晴らしい町を嫌っていたなんて。ホラ、すぐそばに城山があるよ。小学校の時の遠足は城跡まで登り、みんなで町を一望していたではないか。さあ次の休みには、子供とあの城山に登ってごらん」と言い、口笛を吹きながら、どこかへ行った。赤いトランクスをはいたマラソン選手がすれ違う。

この町に引っ越して来て、すぐだった。お盆の花火大会が近くの河川敷で行われていた。ドーンと打ち上がる度に、古い家が振動してビリビリと音をたてる。隙間が多い天井からはパラパラと土が落ちてきた。外からは花火を見ながらはしゃぐ子供たちの声が聞こえてくる。その時、ふと思いついて二階の窓から屋根に出てみた。きれいな花火が景気よく上がっている。私は、父に連れられて姉と一緒に見た子供の頃を懐かしく思い出していた。

雨もり

この家に来て、もう二年が過ぎた。その頃から、我が家は雨もりが激しくなってきている。雨が降りだすと、家族総出で忙しい。チントンシャン、チントンシャンと下で受ける物によって音が違うのが楽しい。確かに音楽を奏でているような楽しい雨もりの音だ。私は、そう思うことにしている。

家主に話をしてみたら、「この家の雨もりを修理するには、数百万のお金が必要になる。どうせ壊すつもりでいた家なので修理はしない。あなたたちがいいようにして住んでください」と言う。

そんな古家でもそれなりにおもしろくて、笑えることがたくさんあった。一番笑えたのは、天窓のガラスがずれていて隙間がわずかにできていた時のことだった。そこから雨がポツポツと入ってきたので、私は応急手当として厚めのビニールをその下に張り、画びょうでしっかりと留めた。そして、その真下を私の寝床にして毎日使用していた。その日は朝から雨が降っていて、雨水がビニールに少量たまっていることに気付いていた。でも気にしながらも、いつしか眠ってしまった。深夜にバシャーと全身に雨水が掛かり、びっくりして飛び起きた。真夏で布団を掛けていなかったために、直接受けてしまい冷たかった。突然だったので、「何事が起きたのだろう」と部屋中をウロウロした。もれた雨水がビニールにたまり、次第に膨らんできて、画びょうが耐え切れずに私の上に落ちてきたのだろう。それとも、ビニールが破れたのかもしれない。何も知らずに眠っている自分の姿を思い出すとおかしかった。

「スロービデオで見たかった」

子供たちは笑いながら言う。

シロアリによる被害が原因で笑ったこともあった。私が居間の窓に腰掛けて、体を大きく揺すって笑った時のことだった。いきなり、ストーンと窓枠と一緒に、下に沈んでしまったのである。その時も家族全員で大爆笑した。

子供の心に

夫を亡くしてから二年がたち、直道は小学六年生になっていた。

夜遅くに仕事から帰って来た私は、いつものように子供のカバンの中を開けて見た。その中に担任の教師からの手紙が一通入っていた。

「前田君は、最近授業に参加をしておりません。一日中、窓の外ばかり見ております」と書いてある。後に続く文章も、私にはつらい内容で書き綴られていた。直道の寝顔を見ていると、さまざまな思いで涙が溢れ出た。以前に従兄弟から言われたことがあった。

「直道は少し寂しいのではないか？　俺に付いて回るのはいいけど、トイレまで付いて来て、俺が出るまで待っているのにはビックリしたよ。そろそろ父親の代わりが必要なのでは？」

と、私に忠告をしていたのだ。私は聞き流していたわけではないが、おそらく自分の忙しさにかまけていて、子供が出しているサインを見落としていたのだろう。当時働いていた会社は早出と後出の交代出勤制になっていたので、その空いている時間を利用して私は毎日化粧品のセールスや集金にと駈けずり回っていた。実際、子供二人に母と姉まで加わると、生活は確かに苦しくなっていた。

「お父さんの前でお話をしようか」

翌日、直道を仏壇の前に座らせて、

「どうしてなの？　なぜなの？　どのように思ったからなの？」

聞いていくと、やはりすべて父親が亡くなったことに原因があるようだ。自分の感情を抑えるすべを知らず一人で悲しみ、その悲しみがいつの間にか、父親への怒りに変わっていたようである。

直道は、こぶしで自分のひざをたたきながら、

「クソークソー、何で死んだんだ！」

涙をポタポタ落として泣きだした。自分の心と毎日葛藤しているのだなと、かわいそうに思えた。私もその頃は、全く直道と同じように心に変化があったのだ。あまりにも疲れがたまっている時、あるいは自分で抱え切れない問題が幾つも重なった時、そんな時には夫の位牌に向かい、お鈴をチーンと強くたたいて、文句を一つ二つ言ったりもした。

そして夫のマイナスの部分ばかりを思い出して、無理に悲しみの世界から抜け出そうと

している自分がいた。そんなことが何度かありながら、直道は中学二年生になっていた。

ある日、担任が直道を職員室に呼び、

「今日から先生が、おまえの父ちゃんだ。何でも言ってこい」

と言ってくれた。まだ二十八歳の若い教師である。それからの先生は、直道と本気で向き合ってくれた。

「あっ、お母さんですか？　今日、私は直道を殴りました」

その後の様子を心配して、わざわざ電話をくれたりと、行き届いた指導に感謝した。私も直道とは真正面からぶつかり、時には上手投げで倒し馬乗りになってたたいたりした（私は力もあるし、男だったら力士になりたかったのだ）。

三学期になり、学校から帰って来た直道が、

「お母さん、今日先生が泣いていたんだよ。ボクを殴った後に、涙を流して、ボクのために泣いてくれたんだよ。先生はほんとにボクのことを思ってくれていることが分かったよ」

心が解かれたように明るく話をしてくれた。

「先生にお礼の気持ちだ」、そう言い、翌朝からは学校に早く行き、教室の窓を開けるよ

うになっていた。それ以来、先生の家にも遊びに行き、奥さんにも可愛がってもらっていた。

この先生ご夫妻は、私たちにとって決して忘れることのない恩人となっている。その頃から直道は、私のことをより親しみを込めて、「母ちゃん」と呼ぶようになっていた。

くも膜下出血

三日前に夫の七回忌の法要を終えて、ホッとしている時だった。その日は早出の勤務だったので、朝三時に起床して子供のお弁当を作り、家を出た。紡績工場の仕事場は、室温が常に三十六度ある。一日の業務を終えて、家に帰ってからも体の火照りがなかなか取れない。でも次の仕事が待っている。糸ぼこりと汗を流して、母が準備していた昼食を味わうことなく、気忙しく口の中に押し込んだ。

次のパートの仕事を始めてから一時間も経過しただろうか――。

「バシッ」。突然、頭に激痛が走った。すぐに何かが切れたと思った。

「血管が切れたのだ」、そのように直感した。

ちょうど上司から仕事の説明を聞いている時だった。その声が遠くから聞こえてくるようで、とても聞き取りにくい。やはり――。

「すみません。今、血管が切れました」

そう言っても、その時点で誰も私の異常に気付く人はいない。笑っている人もいる。

「気分が悪いのですけど……」

と言うと、周りの人たちが慌てだした。

「空気の入れ替えをしよう」

と、すべての窓を開ける人。

「クーラーをつけっぱなしだったからね。水を飲んでごらん」

そう言って、グラスを持ってきてくれる人に
「ありがとう」の言葉を、やっと返した。

ソファーに横になっていたけれど、頭が針金で縛り切られるように痛い。そのうち、吐き気がしてきた。洗面所までフラフラしながらも何とか行くことができた。私は激しく嘔吐した。もう目の前がかすんでいる。

職場の人たちがやっと私の異常に気付いてくれた。そして職場の近くにある医院に連れて行ってくれた。が、そこは内科だった。院長が私の症状を見て、

「あまり動かさないようにして、すぐに脳神経外科に行きなさい」

そう言い、電話で私の症状を紹介先に伝えた。同僚が心配しながら、私をその病院まで連れて行ってくれた。私は車椅子に乗せられ、直接レントゲン室に連れて行かれた。その後で診察室に寝かされ、点滴治療が始まった。医師はため息をつきながらレントゲン写真を見ている。そして、

「ご主人は？」

と尋ねる。

「主人は六年前に死んでおりません。先生、この痛みだけ取ってください。私は帰らないといけないのです」

家のことが気になった私は、医師に無茶を言った。

「ご両親は？」

続けて聞いてくる。

「母がおりますが、具合が悪くて来ることができません」

「ご姉妹は？」

「姉が一人いますが、病弱でほとんど寝ている状態です」

やっと答えていると、子供の声が聞こえてきた。直道が心配そうに私をのぞいている。

あゆみは泣きながら、

「ごめんなさい、ごめんなさい」

と言っている。

最近、私に反抗していたことを反省しているのだろう。

私はそこまでの記憶しかない。気が付いた時は遠く離れた市内の病院で、しかもＩＣＵの中にいた。私はこの時三十八歳になっていた。

いつの間にか手術も済んで、私の頭は丸坊主になっていた。そして、オムツ姿の自分がいる――。誰にも見られたくない格好であった。

面会時間になると、あゆみが白衣を身に着けて入って来る。

「お母さん、どう？　痛いの？」

優しい声で聞いてくる。私は毎日、この時間を楽しみにしている。けれど、あゆみは毎晩待合室で寝ていると言う。私が心配すると、注射器のような管を持ち、

「お母さんは今まで、これでご飯を食べていたんだよ。鼻から流動食のような液を食べていたんだよ。ハハハ」

無理に笑っているのが分かる。

中学生のあゆみにとって、夜の病院は心細くて不安だったのだろう。

手術を受けてから二週間がたち、私の意識がハッキリしてきた。それまで、麻酔が半分残っているような状態でよく眠っていたのか、見舞い客の顔すら記憶にない。

そのうえ、二人の子供に、「お父さんは？」、そう聞いているのだ。「お父さんは後で来るよ」と、子供たちはとっさにうそをついたらしい。「お母さん、やはり後遺症が出ている。この先どうしよう」と、不安な日々が続いたと言う。

医師が巡回に来た時、私の背中をバシバシと強くたたいた。

「前田さん、たいがいに起きなさいよ。今日は何日だと思いますか？」

さすがにハッとしたことを覚えている。

「十六日頃ですか？」

何も考えずに答えたが、それが不思議に当たっていた。後から聞いて自分でも驚いた。

次に医師がまた話し掛けてきた。

「前田さん、縫合の時、皮膚が大分余っていたので三センチ縫い込みましたよ」

「そうですか。ありがとうございます」

横で、二人の看護婦がクスクス笑っている。なぜか、こういうことはしっかりと覚えている。あの時の医師のジョークは、治療のうちだったのだろう。

自分の顔を触っているうちに、眉毛がないことに気付いて、鏡を見たくなった。

あゆみが面会に来た時、

「鏡ある？　見せて」

「……」

「ないの？」

「ううん、兄ちゃんが見せるなって」

「どうして？」

私の顔は手術のために腫れあがり、別人のようだったらしい。

あゆみは、私の言葉をはぐらかすように、

「でも、お母さん良かったね。手術しても九割ダメだと言われていたんだよ。場所が悪かったらしいよ。バアちゃんもみんな一度はあきらめていたんだよ」

と早口で、私の顔を見ずに話している。私が丸坊主になっていることに、二人は気を使っているのだなと、すぐに分かった。

「ハハハハ、一度丸坊主になってみたかったんだよ」

私は笑って言った。

ＩＣＵからはナースセンターが全部見える。看護婦が忙しく動いている。歩いている姿を見ていると、私も歩きたくなった。

私の両手と爪先は動いているから、半身不随でないことに気付いた。腕の筋肉をつまんでみると、ペロンペロンとしている。「きっと足のほうもペロンペロン状態なのだろう。これからの私は筋力を付けないといけないのだ」

その日から、両腕をゆっくり上げたり下げたりと、ベッドの上でリハビリを始めた。あゆみが来る時にはチョコレートを買ってくるように頼んでいた。それは、糖分を摂取すると元気が出ると思ったからだ。ところが、しばらくしてあゆみが手ぶらで来た。

「お母さん、看護婦さんに注意されてしまったよ」

「どうしてなの？」

あゆみが顔をしかめて言う。

「お母さんに、まだ何でも食べさせないでくださいって言うんだよ。検査があるので困るんだって」

そう言われると仕方がない——。

深夜に、看護婦のいなくなる時間帯が必ずあった。私は、その時間を利用して足のリハビリを始めた。まずベッドからずり落ちた。その後は、少しだけれど力が付いた腕を使い、ベッドに上がる練習を続けた。次にベッドの周りをつかんで歩く練習もした。四日も続けたら、フラフラしながらも歩くことができるようになっていた。一般病棟に移ってからは、リハビリ室に行かずに階段を利用して上り下りを繰り返していた。上り途中で階段を踏み外して、周りの人をビックリさせたこともあった。手術の後遺症で閉口障害があったけれど、それも時間がたてば治ると聞いて、気にはしていなかった。

入院してから二ヵ月もたつと、家のことが気になりだしていた。

その頃、あゆみは修学旅行を前にして、何を悩んでいるのか、「私は絶対に修学旅行には行かない」、そう言うと口をつぐんでしまい、家族が何を言ってもだめだと言う。

担任の先生が毎日のように家まで来て、あゆみの思いを聞き出してくれたらしい。その思いとは、母親が倒れたことで大きなショックを受けていて、すべてが絶望的に感じられていたと言う。

十一月に入り、先生のお陰であゆみは旅行に行くことができ、私もホッと胸をなでおろした。私も手術後三ヵ月で退院して、三日後から会社に出勤するようになった。でも退院してからは、他にも後遺症があることに気付いて慌ててしまった。それは漢字を書いた時に、「偏」と「旁」が逆になってしまうことだ。他にも電話番号などの数字を四桁以上書くと、なぜか関係のない数字が必ずくっ付いている。反復してもやはり書き込んでいる。右と左も分からなくなっていた。私は両手に「みぎ」「ひだり」と仮名で書き、家を出ていた。会社に行っても、上司や同僚の名前が口からでたらめに出てくる。

子供は、日常会話の中で気が付いた時に、

「お母さん、おかしいよ」

「それ、違うよ」

とハッキリ言ってくれた。

入院中は、家族の生年月日をよく聞かれていたが、それは間違うことなく答えていた。しかし、私は落ち込んでしまい、二週間に一度の通院の時に医師に相談した。

「仕方がないよ。場所が場所だけに扱わなくてもよいところを扱っているからね。いいじゃないですか。命があっただけでも良かったと思いなさい。でも後は君の努力次第だよ」

そう言われたが、何の努力なのか分からないまま、その日は家に帰った。

今の自分の姿を、家族には絶対に見せてはならない。そう自分に言い聞かせるだけで、自分の背負った荷物が、また増えたように重く感じてくる。もう人間には生まれてきたくない。鳥でもいい。蝶でもトンボでもいい。一番寿命の短い虫でもいい。ミジンコでもいい。こんなに何十年も苦しむ人間には絶対生まれたくない――。どんどん底なし沼に沈んでいくように、私は無気力になっていく。そういう自分が怖かった。

「疲れた――」の一言だけしかなくなった時だった。

「死にたい」

その言葉が、どんどん私の体中を染めていった。その時遺書を残すとしたら、やはり「疲れた」だけを書いていたと思う。

私は、人に迷惑をかけない死に方を考えだしていた。

山奥に入り込み、そこに適当な穴があれば、そこで――いいえ、山の持ち主に迷惑をかける。そうだ。ここに降圧剤等が二週間分ある。これを全部飲んだら、血圧がうんと下がって死ねるかも――と無知にも、その時本気で死の世界に突入しようとしていた。会社に休暇届けを出し、母にも言った。

「疲れたから、起こさないでね」

そして、あゆみのベッドに入った。

一握りあるその薬を、何も考えずに目を大きく見開いて一気に飲んでしまった——。

チュンチュンとスズメが騒がしく鳴いている。母の声が聞こえてくる。

「傷みかけていたご飯を洗ってバラまくと、スズメが喜んで食べに来る」

「ウワー可愛い」と、動物好きのあゆみの声も聞こえてくる。外がまぶしい——。

「何だ、死ねなかったんだ——。ただよく眠っていただけなんだ。何をしていたのだろう
自分は……」

時計を見ると昼の十二時を過ぎている。

「何か食べたいな。お腹ペコペコだよ」

何と私は、二十四時間近く眠っていたことになる。

母は、

「疲れているようだったから、起こさなかったよ」

そう言うだけで、何も気付いておらずホッとした。

生活保護

私の体調は、まだ回復をしていなかった。紡績工場はとてもハードな仕事で、上司がミーティングの時には必ず言う。

「機械に追われるな！　機械を追え！」

また、出来高のノルマがあるので、トイレの時間を惜しんでノルマを上げていた。

そんな私を見ていた先輩の一人が、

「バカだなあ、この会社で永く働こうと思ったなら、もっと要領よくしなさいよ。あんたが体を壊しても会社は何もしてくれないんだよ」

私のことを思って言ってくれたのだ。でも、私はその要領というものを持ち合わせていない。その頃から、現場も次第にコンピューター操作になってきたが、仕事が決して楽になるわけではなく、持ち台が倍に増えるだけであった。コンピューター—には勘というものがないので、反対に機械に振り回されている状態だった。もう気力も体力も限界にきていた。少しの時間でいいから、精神的にも肉体的にも楽になりたいと思っていた。

私は駆け込み寺に行くような思いで、福祉事務所に相談に行った。

「私の体が回復するまでですから、母と姉の分だけの生活保護を受けることはできないでしょうか」

すがる思いで言ってみた。

「一緒に生活をしていて、お母さんとお姉さんだけの保護は受けられません。家族全員なら受けられるかもしれませんよ」

そう言われたが、自分と子供の分は、保護を受けなくても生活をしていける自信があったので、そのことを伝えた。

「では、家を出たらどうですか？　別世帯なら受けられると思います」

という言葉が返ってきた。

「体の弱い母と姉だけを置いて——、そんなことはできません」

すると、担当の若い男性職員はいったん席を離れ、やがて少し厚めの本を手にして戻って来た。福祉六法のようである。彼はその本を開きながら話し始めた。

「大変なお気持ちはよく分かります。でも、ここの何条にこのように書いていますので」

と気の毒そうに、私に教えてくれる。

もう私には何条とか、どうでもいいのだ。福祉の中に行き届いていない部分があることに気付いた。担当の人は、とてもいい感じの人だった。

「自分も何とかしてあげたい。だけど私はここからここまでのことしか話せないのです」

両手を三十センチの間隔に開いて、机をトントンと軽くたたいて言う。私は、三十八歳のこの年まで生きてきたので、彼が何を言わんとするのか、分かっている。マニュアルどおりに語ることしかできない彼の気持ちも分かる。わずか三十分間であったけれど、これまで誰にも話すことができなかった愚痴のような話を聞いてもらい、気持ちが楽になっているのに気付いた。

心の中でよどんでいたものがサラサラと流れ出していたのだ。

「やはり自分が頑張るしかない！」

そう自分に言い聞かせて、福祉事務所を後にした。

母の死

六月に入った頃だった。

母が時々体の変調を訴えるようになっていた。

「夜中に頭が強く痛む時がある」

と言い出して、前頭部を押さえながら、

「ここに爪を立てて、しばらく強く押さえていると、痛みが止まるから大丈夫だ。気にしなくていいよ」

笑顔で、みんなを心配させないように言う。

でも、母が昼寝をしている時に、左足の先がピクピクとよく動いていた。

母にそのことを言うと、

「心臓が悪いんだろうよ」

これも笑顔で言う。だから私は、母の体のことを大して気に留めていなかった。昔から頭痛薬は切らしたことがなかった人なので――。

時々病院に行こうと言ってはみたが、

「もう少し様子を見てからにする」

病院嫌いの母を連れ出すのは大変だった。

ある日、会社に姉からの電話があった。

「お母さんが呼吸困難になっているから早く帰って来て！」

私は、堤防をまっしぐらに自転車を飛ばして帰った。いつもの距離が倍以上に感じる。家まで遠すぎる。そんな焦りの気持ちでやっと家に着いた。

のどをヒューヒューと鳴らして、苦しそうにしている母の姿があった。あゆみの喘息の発作に似ている。けれど違う。母は、透明の痰を取っても取っても切れずに苦しがるのだ。

すぐに救急車を呼び、そのまま入院をした。病院にいれば少しは楽になれると思ったが、そうではなかった。母の苦しみ方に変化はない。発作状態で一番苦しんでいる時に、胸部のレントゲン撮影なのだ。ベッドの上で、母の体を上向きに、下向きにとひっくり返している。体を少しでも動かすと発作が起きる状態なのに――。検査ずくめである。でも、医師側にしてみれば、今は検査をしてみないと治療の手立てがないのかもしれない。

酸素マスクを装着すると苦しがり、すぐにそれをつかんで取り外してしまう。看護婦から叱られても、また取り外してしまう。私は手でマスクを持ち、母の鼻と口のところに当てていた。

入院してから十日がたったのに、母はまだ昼夜苦しんでいる。私は、その間の睡眠不足と疲労が限界にきていた。そんな時、注意力が散漫になり、母にとんでもないことをしてしまった。定時ごとに与える顆粒状の薬を、母ののどに詰まらせてしまったのだ。

「ウッ」

と母は苦しみだした。

両手をわしづかみのように構えて、私に向かってきた。それほど苦しかったのだろう。私は慌ててナースコールを押した。でも私には、看護婦を待つことができない。母が苦しんでいる姿を見ておれない。目をつむりたい。私は走った。待てずにナースセンターまで走って行った。看護婦が私とすれ違った。振り返ると、吸引カテーテルを持ち、母の病室へ走って行った。私は怖くて、病室に入ることができなかった。耳を押さえて、看護婦の出て来るのを待っていた。長かった——。看護婦が、母の病室から出て来た。

「もう大丈夫ですよ」

忙しくナースセンターに戻って行った。

「すみません。ありがとうございました」

私は頭を下げた。ありがたいという気持ちでいっぱいだった。

「良かった。ほんとに良かった」

そっと母のベッドに行ってみた。直道が、母のそばにずっといてくれたのだ。母は直道の顔を見ながら、苦しかったことを話している。その目は涙目になっていて、顔も腫れていた。直道が母の乱れた髪を整えながら、

「心臓が止まりそうだったよ」

と顔を近づけて心配そうに見ている。私は逃げ腰だった自分を恥じた。

「お母さん、ごめんなさい。苦しかったね」

「ごめんよ。いくら苦しくても我が子につかみ掛かる親がいるものか」

母は、自分を責めている。カテーテルで処理をしたので痰がきれいに取れたのか、母は話をすることができるようになっていた。私は急いで家に帰り、姉を病院に連れて来た。母はきっと喜ぶだろうと思っていたのに、

「エリに会いたくなかった——」

そう言うと、涙を流して黙ってしまった。

その時の母は、「エリが会いに来るということは、自分の命はもうこれで終わりだ」、そう受け止めたのではないだろうか。それくらい、人目に触れることを避けていた姉なのである。その三日後、母は個室に移され、医師から説明があった。

「どうして、このように急に大きくなったのか分からない」

レントゲン写真に写し出された母の心臓を指しながら、困惑した顔で言う。心臓とは思えないほどに大きくなっている。

「会わせたい人がいれば、連絡を取ってください。寿命は二、三日ぐらいは延ばすことができますから」

「……」

でも私は、その延命措置はお断りした。

「私は、母を静かに送ってあげたいのです」

医師は何も言わず、静かにうなずく――。

個室に戻ると、気管支確保の処置がされている。もう意識はないけれど――。久しぶりに母が呼吸をスムーズにしている。

「お話をしたいことがあれば、耳のそばでおっしゃってください。今だったら聞こえますから」

と看護婦が言い、聴覚がまだ音を感じ取っていることを説明してくれた。

「エリのことは心配しないで。私が絶対に守り通すから――」

ハッキリとした口調で、母の耳元で言った。その時私には、母がゆっくりとうなずいたように見えた。それ以上は何も言わずに、ただ母を静かな眠りに就かせてやりたいと思った。

平成三年七月十二日、夕方だった。母は七十四歳で永眠に就いた。途端に、私は自分のすべてを失ったような、大きな喪失感を抱いてしまった。通夜の日、布団に眠る母は、まるで仏様のような優しい顔をしていた。生前の母は優しさの半面、私に対しては特に厳しい人だった。私は、母や姉に対して言いたい言葉をすべて飲み込み、自分の中に収めていた。うたた寝中の母の寝顔を見ながら、「この人が死んでも、私は絶対に涙が出ないだろう」と、ずっと見つめていたこともあったのに――。

火葬の時に、葬儀社の人が言う。

「これが最後のお別れです。スイッチのボタンをお願いします」

私がその前に連れて行かれた。ボタンの前で、

「なぜ、私が親に火を付けないといけないの？　そんなことできないよ」

助けを請うように周りの人の目を見た。すると直道が、私の思いを察したのだろう。

「母ちゃんしかおらん。さあ、母ちゃん」

私の手を取って、その丸いボタンに私の指を押し当てた。

「ごめん、許して！」

ボタンが押された。直道の手は、私の指を離そうとせずに力強く握ったままだった。

あの何とも言えない炎の音――

優しい母の顔を焼かないでほしい――

その柔らかい手も――

それからの私は、自分の中に大きな空洞ができてしまった。母の存在がいかに大きかったのか、思い知らされる日々が続いていた。

朝夕、城山のほうから蝉の声が聞こえてくる季節になっていた。さあ、これからは私が姉を守っていこう。母が今まで姉の身の回りの世話をしてきたように、これからは私がやらなければいけないのだと思うようになってきた。私は、それまで勤めていた会社を辞め

た。いつも姉のそばにいてできる仕事をと思い、車の配線を組み立てる内職の仕事をするようになった。母への思いから逃避するように、毎日それを一心不乱にこなしていた。そして、いつの間にか自分の人生を、母の人生に重ね合わせて、物事を考えるようになっていった。

母を失って

母を失ってからさまざまな思いが頭をよぎる。

私が中学三年の春だった。母とバスに乗り、就職準備のために、町まで買い物に行ったことがある。その帰りのバスの中は、身動きができないくらいに混雑していた。私は、そこで初めて痴漢に遭ってしまった。誰かがスカートの中に手を入れてきた。瞬間、私は固まってしまった。けれど、とっさにその手をつかんで、押し払った。少しの間があり、その手がまた、私の太ももを探り出した。恥ずかしくて、とても声を出すことができない――。

でも相手の顔とぞうりを履いているその足だけは、しっかりと確認していた。二十歳くらいの若い男だ。やっと下車する停留所に近づいた。

「よし、今に見ていろ」

私は奥歯をギュッと噛みしめ、その男の足をギュウギュウと力を入れて踏み付けた。

男は叫んだ。

「痛い！　誰だ、俺の足を踏んだのは。おまえか？　謝れ！」

「あんたが変なことをするからよ！」

大きな声で言ってはみたが、内心怖くて私の体は震えていた。慌てて人をかき分けて、やっと下車した。その途端、ショックと悔しさで声を出して泣いてしまった。

先を歩いていた母が振り向き、

「どうしたんかい！　何があったんだ？」

「変な男がスカートの中に手を入れてきて触られたよう……」

「泣くな！　バカが、これから都会に行くというのに、そのくらいのことで泣いてどうするんだ。おまえはつまらん（ダメだ）」

その時、母にしがみ付きたい思いで言ったのに――。

私が求めていたのは、母親らしい優しい言葉だったのだ。それなのに怖い顔をして怒る母に、私は立ちすくんでしまった。

「これが母親の態度なのだろうか。一緒に男の悪口を言ってくれたら、どれほど私の気持ちが救われたかもしれないのに」

それからは、私も意地をとおして、どんなにつらくても悲しくても、母の前では涙を見せないようにしていた。あの時の母の気持ちは、都会に出て行く田舎娘の私に対して、母なりに気構えと覚悟を教えてくれたのだと思っている。

母が亡くなる半年前のことだった。その頃の母は、病気の前兆だったのだろうか。なぜか毎日がとても苛立っていたように思う。私も自分の体の異変に気が付いていた頃だった。

「この不正出血は癌だ。もし自分が死んだら、この家族はどうなるのだろう」、心身ともに疲れていた時で、母を思い遣る心のゆとりがなくなっていた、そんな時期だった。母が信じてきた宗教に不信の気持ちがつのり、否定したわけではないのだけれど、それに等しい傲慢な言葉を口にしてしまったことがある。

「今、家族五人が食べていけるのは、私が頑張っているからではないの？　信心していて何が変わったのよ」

　それまで、母や姉に対して言いたい言葉をすべて飲み込んで、自分の中に収めていたのに、ついに弾みで言ってしまったのに――。心の中にない言葉まで、芋づる式に関連して出てきた。一言で言えば、無茶苦茶だったようである。

　母は怒った。

「この親不孝者！　おまえなんかは、もういらん。エリと二人で生活をしていく！」

　すごい剣幕で、私をにらんだ。母にしてみれば、自分の人生すべてを否定されたと同じ意味だったのだろう。根底からひっくり返されたように思ったのかもしれない。母の怒り方は尋常でなかった。私には、母の言った『親不孝者』、これは心外だった。私のほうが、母以上に怒りたかった。三十二歳の時に夫を亡くしてから、四十一歳の今までに良い縁談が幾つかあった。打算で再婚を考えたこともあった。けれど、私は弱い母と姉の人生の伴走者になることを選択して、心に決めて今まで頑張ってきたのに……。これまでの私は不平不満があっても、その感情を押し殺してきた。それなりに自分自身との闘いがあったのだ。その日は、母の言葉を受け入れることができなくて、涙が止まらなかった。

　後で考えてみると、母は姉の先々を考えてワラにもすがる思いで信じてきたのだろう。

私以上に苦労して生きてきた人だったので、自身の心の持って行き場所が、そこだったのかもしれない。ささいなことで、母に言ってしまったあの言葉を消せるものなら消してしまいたい。

母を失うということは、これほど悲しいものなのだろうか——。

自分の度量の小さいことを恥じて、今も苦しんでいる。

第四章　命ある限り

卵巣癌の告知

母を亡くしてから四年がたった。私は四十五歳になっていた。その頃から、私は時々一歩も歩けないほどの腹痛に襲われることがあった。体調の異常を感じながらも、今まで診察を受けることなく内職に励んでいた。

ある日、

「お母さん、最近お腹が出てきたね」

あゆみから言われた。

「うん、中年太りかもね。もう四十五歳だから仕方ないよ」

そう答えた。でも、あゆみの言葉が気になって、寝ている時に腹部を触ってみた。何かゴツゴツした固いものが手に触る。

「間違いない――」

その夜は、朝まで眠れなかった。あゆみにそのことを話すと、

「今日、病院に行こうよ。私の車に乗るだけでいいから」

心配そうに言ってくれる。しかし、婦人科に行くのは抵抗があった。

「一週間待って。お母さんも心の準備があるし、内職のほうも全部仕上げておきたいから」

私は、身の回りの整理を始めだした。心の準備は、もうとっくにできている。それは、生理が三十九歳でなくなっていたし、三年前から不正出血もあった。その時点で異変を感じていたからだ。母方の祖母が、四十九歳で子宮癌になり他界している。

「やはり、私も癌なのだ。くも膜下出血の次は癌なのか……」

勝手に自己診断をしていた。母を亡くした後に、今度は自分の番なのだ。苦難、試練というものは、次から次へと波のようにやって来るのだと思った。だったら、波に逆らわずに乗ってやろう。気持ちだけでも、うまく波乗りだ。もう何でも来い、という気持ちになっていたので、一週間後に病院に行った。すべての検査が済んだその後で、診察室に呼ばれた。医師がしばらく無言で、私の顔を見ている。私も医師の目をしっかりと見る。

「大丈夫ですか?」

と医師が言う。すると二人の看護婦が、私の後ろに並んで立った。

「やはり癌ですよ。前田さんはご主人がいないのでハッキリ言いますよ。今のところ、子宮なのか、卵巣なのか、グチャグチャになっている状態なので分かりません」

話はまだ続いている――。

けれど、私は思わずニヤッと笑ってしまったのだ。すると医師が、

「笑いごとではない！　悪性ですよ！」

叱るような声で言った。

やはり――。

分かっているよ。もう驚かないよ。何が起きても――。

どこまで自分は試されるんだろう。神様、人を許すということをご存知ですか？　仏様に慈悲の心がほんとにあるのですか？　私の罪の重さは、今生で償い切れないほどのものなのですね。分かっております。でも、私は神仏を叱りたい。今、私の命を取ったら、誰が姉を見るのですか？　私が生まれてきたのは姉を見る使命からだと、今まで思ってきました。もう一度考えてください。私が過去世にどのような悪いことをしたのでしょうか？　教えてください――。もし私が神様だとしたら、すべての人に幸せを与えてあげるのに――。私は、目を閉じて手を組み合わせた。そして、神仏に対して激しい怒りの思いを向けていた。帰り際に、入院に必要な物を買い求めようと百貨店に立ち寄った。そこ

に、私好みの服が飾られていたので手で触ってみた。でも、すぐに手を引っ込めてしまった。

「買っても、どうせ着ることがないのだから。もう、そんなに生きていられないのだから」

さまざまな思いが頭の中を駆け巡る。そこで初めて現実を受け入れてしまったのか、急に涙が溢れ出た。その夜、北海道で自衛官になっている直道に電話をしてみた。

「あゆみが一人では心細いと思うから、手術の当日には立ち会ってほしいのだけど」

「母ちゃん、俺もう家に帰ってもいいの？」

「あれから、もう四年たったのだから、帰っておいで、もういいよ」

息子の帰還

四年前を振り返ってみると、私は直道に厳し過ぎたのかもしれない。なぜ、あれほどに怒っていたのだろう。職に就いても、永く続くことなく半年ほどで逃げ帰り、次に就職しても、また同じことの繰り返しで、直道にはかなり悩まされていた。「男は優しさだけではいけないんだよ。世帯を持ったら、家族を養っていく強さと責任が必要なんだよ」と、いろいろ言い聞かせていたのだが、そのうち、亡き夫に言いたかった言葉を、次から次に直道に浴びせ掛けていた。そのうえ、自分の十代の頃と比較してしまい、ついに「勘当」という言葉が口から出てしまった。

「お母さんが死んだ時以外は、絶対に家に帰って来ることを許さないから」

そう言って、玄関から出してしまった。その時、しおれている直道に一枚の紙切れを握らせた。その紙切れは、自衛官募集の問合せ先が書いてあるものだった。男の世界に入れて根性を鍛えてもらうのだと、幾日も前から考えていたことであった。しかし、母親としてはつらくて悲しくて、持って行き場のない思いで気持ちが揺れだした。

「お金をもう少し持たせればよかった。着替えも持たせればよかった。今なら呼び戻すことができる。いや、直道のためには鬼になるのだ」

直道の姿が見えなくなるまで、私の中では男親の気持ちと母親の思いが交錯していた。それからは、毎日、北海道の天気が気になりだしていた。希望先の駐屯地は、北海道にしなさいよと紙切れに書き添えていたから――。それは、すぐに帰って来ることができない距離でもあったからだ。

あれから四年が過ぎていた。「よく頑張れたね」と思っても褒めはしなかった。

「ただいま帰りました」

敬礼をして見せる直道は、当時はやっていたギバちゃん（柳葉敏郎）カットをしていた。短い前髪はキッチリ上向きに立てている。それがとても似合っていた。額の辺りは、亡くなった父親譲りで、少し広めのように見える。

「お帰りなさい。ご苦労でありました」

と、私も敬礼をして見せた。四年前の光景が思い出されて、目頭が熱くなった。

手術

十月に入り、入院日が近づいてきている。一人で寝返りができないほどに、腹部が張り出して、痛みもある状態になっていた。

「手術と後の治療も大学病院でしてください」

と勧める医師に、私は、

「手術は、先生にお願いします。後の抗癌剤治療は大学病院で受けますから」

と無理を言ったので、手術日が少し後になってても仕方がないことだが、私はそれで良かった。一日でも、姉のそばにいたかったのだ。

当日、私は子供たちに送られて、手を振りながら手術室に行った。消毒薬のにおいが漂っている。上を見ると、テレビでよく見るシーンと同じに見える。黒いマスクが顔に近づいてきた。私が楽しみにしていた全身麻酔だ。楽しみな訳は、もう何も考えない、悩まない、無の境地になれるからだった。たとえ数時間でもよい、現実逃避をしたいのだ。その後の強烈な痛みがあってもいい。私は、そのような時間が欲しかったのだ。一、二回呼吸をしたら、もう何も分からない――。

「前田さーん、前田さーん、痛いですかー、分かりますかー」

看護婦が私に呼び掛けている。麻酔がよく効いていて、いつまでも目を開けなかったからだろう。うるさいなあ、痛いに決まっているじゃないのと思いながら、眉を寄せて、頭を数回左右に振った。

「母ちゃん、母ちゃん」

「お母さん、気が付いたの？」

その声を聞いて安心をしたのか、また眠ってしまったらしい。

三日目から歩いてトイレに行くように言われて、点滴スタンドにやっとつかまり、腰をくの字に曲げて歩いた。腹部が痛むけれど、立って歩くことができるのはうれしい。くも膜下出血の手術に比べれば大した手術ではないと思った。医師から術後の説明を聞いたのは、直道一人だけだった。けれど、その直道が説明の内容を、私に話そうとしない。婦人科の手術のことを、私に話すのは少し抵抗があるのかもしれない――。

「先生は、どのように言ってたの？」

「うん、お腹の中をきれいにしたから、後は抗癌剤（化学療法）で、癌を三回ほどたたけばよいだろうと言ってたよ」

「そうなの――。それで、子宮はあるの？　卵巣を摘出したのはどっち？　右、それとも左？　ほかに何か言ってなかった？」

私は気忙しく尋ねだしていた。

「子宮も卵巣も全摘出だよ」

直道は、摘出された物を見せられて少し気分が悪いのか、落ち込んでいるように見える。私は、直道がかわいそうになってそれ以上聞くのはやめた。

手術から八日がたち、抜糸を終えた後に、

「大学病院のベッドが空いたので、明日はそちらに行ってください。病院の車で看護婦を一人付けて送りますので」

医師からそのように言われた。また、遠く離れた病院での生活が始まるのだなと、私は少し寂しい気持ちになっていた。

抗癌剤治療

翌日、婦人科の看護婦たちに見送られて、医大の病院に向かった。車の中は静かで、ときおり、運転手が看護婦に話し掛けるだけだった。看護婦と私の間に会話がない。黒縁のメガネを掛けている優しそうな若い人だった。恐らく私に気を使っていて、掛ける言葉がなかったのだろう。やがて、車が黄金色のイチョウ並木の中を通り抜けた時、今まで無口

だった看護婦が、

「ここの病院ですよ。治療が終えたら、また私たちの病院に必ず顔を見せてくださいね。治療、頑張ってください」

そう言いながら、建物を指さした。

イチョウ並木の向こうには、私好みのレンガ調の建物が見えた。後ろを振り向くと、直道の運転で、あゆみも一緒に付いて来ているのが分かる。私はふと、子供を産んでいて良かったと思った。案内された病室は四人部屋であった。隣のベッドには、八十歳ぐらいの小柄なおばあちゃんが寝ていた。よく眠っているようである。看護婦から、

「病棟長と担当医からお話があるので、まず息子さんから婦長室のほうに行ってください」

と言われ、直道は病室を出て行った。

「兄ちゃん遅いね」

「どんな話をしているんだろうね。お母さんが一緒に聞いたらいけないのかなあ」

二十分ほどして直道が帰って来て、次に私が呼ばれた。

「こちらに送られてきた腫瘍の一部を組織検査したところ、手術した病院の所見と同じで

した。それで抗癌剤治療を十二クール行うように計画を組みました。これから長い治療になりますが、頑張ってください」

と担当医が言った。

「エッ！　私は三クールと聞いてきたのですが」

私は慌てて聞き直した。すると、

「前田さんの腫瘍は、悪性の中でも稀な物です。しかも、その腫瘍が破れていて腹水のようにたまっていたのです。菌が全身に回っているので、十二クールになりました。でも、執刀医の先生が、お腹の中をきれいにしてくださったそうです」

それでは長い闘病生活になってしまう。一ヵ月に一回のサイクルで順調に十二クールの治療ができたとしても、一年以上の入院になるではないか——。あゆみに、姉の世話をすることができるのだろうかと、そのことのほうが気になり始めていた。

十一月の初旬に一回目の治療の日が来た。午前十時に、治療室に入って行く。そこには、私を含めて三人分のベッドが用意されていた。まる三日間は点滴治療になる。

「前田さん、尿道カテーテルが入ります。私は手術室に六年いたから上手だよ。痛くないからね」

と明るく看護婦が言う。

痛みは感じなかったけれど、恥ずかしさはある。しかし、抗癌剤という薬が気になっていた。次から次に薬がスタンドから下がる。

「これは何の薬ですか?」

「これは、頭がボーッとなる薬よ」

「今度は何?」

「今度は吐き気止めよ」

次に来た物は、濃いオレンジ色で不気味に感じる薬だ。

「これが抗癌剤なのですね?」

「ううん、違うよ。そんなに気にしなくていいよ」

と言う。看護婦がとても気を使っているように思える。

私は、この薬は絶対に抗癌剤だと思った。

「薬よ頼む!　私の癌細胞をやっつけておくれ。正常な細胞は私が守るから」

空いている左手で薬に拝んだ。それから、私の好きな宮沢賢治の詩集を読んでいる間に眠ってしまったようで、苦しむことなく、無事に治療を終えていた。

「何だ。心配をしていたのに、何ともなかったよ」

元気に病室へ帰ったみたいだが、その二日目から吐き気をもようしてつらくなってきた。隣のベッドの脇に、カサブランカの花が飾ってある。お見舞いで頂いたのだろう。とても香りの強い花で、吐き気が一段と強まってくるので私はマスクをした。

「病院に持ってくるお見舞いの花は造花がいいな。花粉症の人もいるのだから」

そう思っても、彼女には言えずに、その花が枯れる日を待っていた。でも、その花の生命力は強い。つぼみが順々に咲いていき、一週間咲き続けていた。その頃から一日おきの採血があり、血管の細い私は、看護婦泣かせのようだった。治療八日目から白血球の数値が極端に減っていった。

「数値が一〇〇〇を切ったら危険なので、毎日注射をします。これからは病室から出ないようにしてくださいね」

もう注射器は用意されていた。白血球を増やすための注射なのだが、とても痛かった。それを一週間、打ち続けている間は数値が上がる。けれど、やめると、また下がってしまう。でも次は注射をしないで、自力で数値が上がるまで待つという治療のようだ。

ある日、ギックリ腰なのかと思われるほどの強い痛みが、腰から頭のほうにかけて、突き上げてくる。どうにも我慢がならなかった。それは、その注射の副作用だと、同室の先輩患者が教えてくれた。血液を造る骨髄細胞に影響したらしい。こういうのは、副作用による副作用といえるかもしれない。自力で白血球が増えた時は、もう師走に入っていた。その頃は脱毛が進んでいて、毛糸の帽子をかぶるようになっていた。過去にくも膜下出血の手術で丸坊主になっているから、ショックはなかった。でも家族の見舞いが月に一度ぐらいしかない私には、時々寂しくなる時があった。

家族に会いたい。けれど遠すぎる――。

窓の外には、ぼたん雪が舞い落ちている。何だか、気忙しく下に落ちていく雪がある。あれは、あゆみ雪だな。彼のところにあんなに急いで行ってしまった。小さい雪がガラス窓に留まって、私を見ている。あなたは、姉のエリちゃんでしょう？　しばらく、心の中で雪と戯れていた。

息子の事故

そんな時、直道が一人で私の様子を見に来てくれた。

「毎日、家で何をしているの？　仕事見つかった？」

「母ちゃんに言うと心配するから黙っていたけど、今、運送会社で働いているんだよ。お金稼ぎたいから――」

今の私は、もう直道を頼るしかなかった。しかし、子供の負担にはなりたくない。そう思いながら、直道の話を聞いていた。

「お母さんも二回目の治療が順調にいったら、クリスマスには家に帰れそうよ。お正月まで、家にいるからね」

「母ちゃん、今度のお正月は一緒だね。俺、四年ぶりに家でお正月迎えられるよ。楽しみだな」

直道は、私が食べずに残しておいた病院食を食べながら、

「でも、お雑煮は苦手だよ――」

「母さんがお肉料理をしてあげるから」

「うん、俺、母ちゃんに言っておきたいことがある」

私は一瞬ドキッとしたが、「俺が入院費は稼ぐから、母ちゃんは安心して治療に専念してほしい」と言ってくれた。その時ほど、直道を頼もしいと思ったことはなかった。

それから、二回目の抗癌剤治療が済み、白血球の数を自力で増やしている頃になっていた。早朝には、マスクをして院内を三十分歩くように努めた。それは新陳代謝をよくして薬の効果が出やすいようにと思ったからである。また、水も一日に二リットル以上飲むように心掛けていた。毒は早く体外に出してしまいたい。そんな思いから、自分なりに努力をしていた。自助努力とでも言うのだろうか——。後、一週間すればクリスマスだ。

「先生、クリスマス頃には一時帰宅ができそうですか？」

その頃から回診の度に担当医に聞くようになっていた。

「大丈夫、帰れますよ。その頃には」

その言葉を聞いたら、無性に家に帰りたくなり、次の日もまた次の日も、

「先生、クリスマスには帰ってよいのですね」

まるで、幼い子供のように何度も何度も聞いた。返事は同じだったので、帰ってもよい

のだと、自分の中で思い込んでいた。二十四日の早朝、いつものように院内を歩いていた。

「ゴオーッ」

ガラス窓を揺らして突風が吹いている。庭の土ぼこりが竜巻状になっている。朝から荒れている天気に、嫌な予感がしていた。今日は、朝の採血の数値がよければ、家に帰ることができる。楽しみで胸がワクワクしていた。待ちに待った採血の結果が十時に出た。

「前田さん、残念だけど一時帰宅は無理です」

看護婦に言われ、もうその時には自分の感情のコントロールができなくなっていた。帰宅が許されないことに苛立ち、担当医を悪く言ってしまった。自分でも恥ずかしくなる行為だった。医師は、私を頑張らせよう、元気づけようと思って言った言葉だったのに——。

後から思うと、これが虫の知らせだったのかもしれない。私は、その夜に限ってテレビのニュースを見ていなかった。夜の九時半ごろ、同室の人と語り合っていたその時、看護婦が走って来た。

「前田さん！　自宅から電話です。娘さんが泣きながら言うので、よく聞き取れない。急いで電話に出て！」

「もしや、姉が——」

私はそう思いながら、ナースセンターまで夢中で走った。受話器を手に取り、名前を呼んだ。

「お母さん！　兄ちゃんが死んだ。ワー」

と泣きながら言っている。

「何で？　どうしてなの？」

「事故で！」

後は言葉になっていない。胸の芯がキュッと固くなるのを感じた。感情が凍りついてしまったようである。

「兄ちゃんが、ほんとに死んだの？」

と叫ぶ私のその声に、そばにいる看護婦の驚きの様子が見えた。

「お母さん、大丈夫？　しっかりしてよ」

とあゆみがハッキリした口調で、私を揺するように言う。

「お母さんは大丈夫だよ！」

あゆみを安心させようと、声を大きくして言った。しかし、泣くこともできない――。今の自分は、どうにもできない。家に帰ろうにも、現金を持っていない。遠く離れた病院にいる私は、今どうしたらいいのだ――。親もいない。動くこともできない病人の姉が一人いるだけだ。頼りになる親戚もない、どうすれば――。私はパニック状態になった。

「あゆみ！　今のお母さんは、何も指示することができない。お医者さんと相談してから、また電話をするから」

そう言って病室に戻っていくと、同室の人が各病室を回ってお金を集めてきた。

「タクシーで帰りなさい。これは線香代だから」

三万円を渡してくれた。

当直の医師が、

「アルバイトで稼いだお金があるから」

と、白衣のポケットから五万円を出して貸してくれた。そして、その医師が動き出した。白血球の注射を打ってもらい、一週間分の注射液も渡された。

「手術を受けた病院で、毎日注射をしてもらいなさい。電話を入れておきますから」

医師が、私の荷物を持ってくれる。

「タクシーを呼んであるから、下の玄関まで行こう」

その医師は、とても気が付く人であった。

「直道の搬送を頼まなければ――」

ふと思い付き、葬儀社に電話をした。両親と夫を亡くしているので、順序は分かっていた。同室の患者と医師が、タクシーが到着するまで、私のそばにいてくれた。ありがたくてありがたくて、今でも忘れることができない。タクシーに乗り込んでも、まだ現状が把握できない。直道が死んだ。なぜなんだ。自分が一番頼りにしていた子が――。自分が先に死ぬと思っていたのに――。心の中では直道の死が分かっているのに、感情というものがどこかへ切り離されてしまっているようで、何が何だか分からない。胸は強い痛みを感じて苦しいのに、涙が出てこない。一時間ぐらいで、直道のいる病院に着いた。私より先にあゆみが来ていた。

「お母さん、大丈夫?」

あゆみが、私を気遣う。

私は大きくうなずいて、直道の待つ部屋に行った。見ると、顔半分は手当てをされていた。痛々しかった――。

「直道？　どうしたの、何があったの、うそだよね！」

　声を掛けても、何の言葉も返ってこない。こんなに悲しいのに、こんなにつらいのに、涙が一滴も出てこない。その時の胸のうちは、とても表現できない状態になっていた。私は葬儀社の人の言われるままに、直道に旅立ちの身支度をさせた。あゆみも涙をこらえるままに手伝っている。その病院から、家までは四十分ぐらいだ。搬送の途中、直道の事故現場を目の当たりにしてしまった。四トントラックが横転していた。それ以上は、見ることができずに目を覆った。やがて自宅に着いた。そこには、目を泣き腫らした姉がいた。今は、その前後のことを鮮明に思い出せない。まだ癌という病気から自分自身が立ち直っていない時に、衝撃が重なってしまったからなのか。

　告別式の時に自分がどのように参列者に振る舞ったのか、今でも思い出せない。ただ、クリマスの日であったのと、吹雪の中で身も心も凍ってしまうようだったことは忘れられない。そして、あゆみが火葬を待っている間に、私に話してくれた内容も――。

「兄ちゃんは朝早くから仕事をしていて、ほんとは終えていたんだよ。でも深夜に勤める人が急に休んだので、兄ちゃんがあのトラックに乗ることになったみたい。お母さんが帰宅できないのなら、俺は仕事をすると言って――。私、急に仕事を休んだその人を恨むから」


そう言ったあゆみの言葉が、今でも気に掛かっている。

あのイヴの日、私が帰宅できていたなら、直道は死なずに済んでいたのに——。

そして、急に仕事を休んだその人を恨むとあゆみが言ったその人とは、二年後にあゆみが結婚する相手だったとは——。何と、皮肉なことなのだろうか。それも結婚して一年たった時に、その彼が告白したのである。打ち明けられた時には、私もあゆみも複雑な思いだった。

遺骨

葬儀から四日がたち、伯父が鍬を持ってやって来た。家に来てほしくない人の一人だ。何かにつけ、恩に着せる言動があるので、私はこの伯父を好きではない。

「明日、納骨するぞ！」

いつものように乱暴な口調で言う。

「どうして明日なの？　直道の遺骨は四十九日まで置いてはいけないの？」

「この地域では、初七日までに納骨するようになっている」

「バアちゃんの時は四十九日まで置いていたよ。魂が四十九日まで家にいるんだよ。ジイちゃんの時も主人の時も、それできたのに」

私は逆らうように言った。すると、返ってきた伯父の言葉に、私はあきれてしまった。

「親類の者に災いが振り掛かる。だから早く納骨をするんじゃ！　先に穴だけ掘っておくぞ」

前田のお墓は、土に直接骨壷を納める旧式の形だった。伯父は、事故死ということに縁起が悪いと思っているようである。

「親戚の人がしていることは何なのだ！　故人のためではなく、自分たちのために動いているのではないか。余計なお世話だ！」と、大きい声で言ってみたい心境になった。

しかし、男手がなくなった我が家だ。これから伯父の世話になることがあるかもしれない。やはり、今は何も言わずに我慢をするしかないのか――。この時から、親戚というものを煩わしく思うようになっていた。私は直道との約束があったのに――。最後に病院に来た時、

「今度こそ、家族で一緒にお正月を迎えようね。四年ぶりだからね」

「ウン、楽しみにしているよ。俺もおせち料理を手伝うから」

そう言って、約束をしたのに――。母親の私には、遺骨であって遺骨ではないのだ。直道なのだ。直道そのものなのだ。誰にも分かってもらえない。この思いをそっとしておいてほしかった。その夜、直道の遺骨を静かな気持ちで抱いていた。壷の重さなのか、直道が生まれてきた時と同じ重さに感じる。そう、三二〇〇グラムの体重だった。こんな感じだった――。そのまま目を閉じていると、いつしか自分の中で壷が赤ちゃんになっていた。

「二十一歳で、おまえを失うとは思ってもいなかったよ――」

私は軽く体を動かして、直道を揺すっていた。悲しくて、悲しくて、寂しくて、ただ無性に泣けた。心が深く深く沈んでいくようだ。

「おまえは親孝行者だね。お母さんが死ぬことを怖がらないように、おまえが先に逝って、待っていてくれるんだね。待っていてね。お母さんも、もうすぐそっちに行くと思うから」

心の底が抜けたようになり、フワッと疲れが出て、その夜は直道を抱いたまま一緒に寝てしまった。治療のために、また病院に戻っても、毎日が息子への思いの深みにはまっていた。「生活費と治療費は少しだけど貯金しているから、おまえが心配しなくてもよいのだよ」と、直道に話していれば、あの日、トラックに乗らずに家に帰っていたかもしれない――。自分が息子を死なせたと思い込んでいた。

ある日、ベッド回りをカーテンで閉じた頃に、看護婦が私のところに来た。しばらく座ったままで、いろいろと私に話をしてくる。年は三十歳ぐらいで、すべてに評判の良い人だ。どうも私の胸の内を聞き出そうとしているように思える。三十分ほどすると、つい家であった納骨のことをしゃべってしまっていた。すると、その看護婦が自分の胸の中からペンダントを出して、私にそれを見せながら言う。

「この中には、私の父がいるのよ。父の遺骨を少しだけ入れているのです。だから、私はいつも大好きな父と一緒に仕事をしていることになります。今は、ちっとも寂しくありません」

そんなことを私に話してくれた。

「そうよね！　しても**いい**のよね」

と、私は訳の分からない言葉を口にしていた。その瞬間、私は頭の中で遺骨を掘り出そうとする自分の姿を思い浮かべていたのだ。

看護婦は、私の表情でもう分かったのか、

「親戚の人も誰も私を止める人はいなかったのよ」

そう言って、笑顔で優しくうなずいた。

春になり、また一時帰宅の許可が出た。家に帰ってからの計画は、すでに立てていた。その日は誰にも言うことなく、少し離れた所にあるお墓に行った。直道にたまらなく会いたくて、私は坂道を息を切らして上って行った。もう誰が何と言ってもかまわない。何も言わせない。塔婆の下を両手で掘った。白い真新しい壷が出てきた。

泣けた――。

どうしようもなく泣けた。そばに誰もいないので、感情がそのまま出てしまい、私はその土の上に伏して号泣した。どれほど泣いていただろう。もう涙が出なくなっていた。

「直道ごめんね。せっかく眠っていたのに起こしてごめん。お母さんはバカだね。もう起こしたりしないから、ゆっくり休んでね」

直道と先祖に謝って、山を下りた。再び、病院に戻ったけれど、私の気持ちは以前より少し変わっていた。泣くだけ泣いた後に、姉とあゆみのことが気になりだしていたからだ。
「おまえには、姉を見る使命が残っているではないか」と、自分を叱るようになってい
た。
まだ看護婦は、言葉の端々にまで気を使ってくれている。婦長の指導が良いのだろう
か。個人的な性格なのだろうか。教わることが多かった。向かいのベッドにいる奥さん
は、五十代の後半だろうか。私と同じ治療を受けているようである。その奥さんのところ
に、教師をしているという三十歳ぐらいの息子さんが毎日やって来る。そして必ず母親の
体をふき、全身のマッサージをして帰る。その様子を見ていると、息子さんの優しさに感
服させられる。
ある日、看護婦が私のところに来て言う。
「前田さん、ごめんなさいね。向かいのベッドの患者さんのところに、毎日息子さんが来
ているでしょう。見ているとつらくない？　病室を変えましょうか？」
「いいえ、私は世の中のすべての人に幸せになってほしいのです。私のような苦しみを味
わってほしくないですから――。それより、どんな子供の育て方をしたら、あのような親
孝行な子供さんに育つのでしょうね」

と言ってみた。

看護婦は「ありがとう」と、会釈して病室を出て行った。

新しい命

いつしか五月に入り、病院の周りの木々が新緑に変わっていた。

その頃から、あゆみが彼を連れて来るようになっていた。聞くと、二年前から運送会社に勤める彼と友人の紹介で交際が始まっていたらしい。私は、二人の様子をじっと見ているしかない。彼は静かな青年に見えた。あゆみの人生なのだから、あゆみの運命なのだからと反対する理由もなく、二人の交際を黙認していた。

最近自分の爪を見ると、黒い縞模様になっている。模様の間隔は、抗癌剤治療を受けた回数のように思われ、薬の怖さを知った。私と同じ治療を受けている人が、次から次に亡くなっていく。それを見ていると、そろそろ自分の番が来るような思いがしてきた。私は自分の癌の進行度も聞いていない。予後も聞いていない。聞く勇気もない。でも知りたい。死を半分受け入れて、半分生のほうを求めている。毎日、そんな混沌とした日が続いていた。癌に関する本を取り寄せて、読みあさった。

「エッ、私の治療、ひょっとして間違っているのかもしれない――。自然治癒力？　何のことだろう」

本を読むと、免疫力を高めることが大切だと書いてある。どの本にも書いてある。そのためには、どうしたらよいのだろうかということに、強く感心が向いていった。

「先生、私がこの治療を拒否したら、どうなりますか？」

「エッ！　まず試験開腹をして組織検査をしてみて、それから考えましょう」

「それも断ったら、どうなりますか？」

「次に症状が、また悪くなって来られても、どのような治療をすればよいか困ってしまいます」

と言う。

以前担当だった医師にも聞いた。すると、その医師は困った顔をして、

「この病院では前例がないですよ。これだけ患者がいるけれど、一人ひとりみんな、抗癌剤の薬が違うんだよ。薬のブレンドの仕方が違うのです。この錠前にはこのカギが合うの

かなといった感じで、合うカギを手探り状態で探しているようなものです。前田さんにはこの薬が合ったのだと思っています。今までに八クールをしたので、残りの四クール頑張りましょうね」

そう言い、後は話題をかわされた。

入院してから、二度目の秋が来ている。一年のうちで、私の一番好きな季節だ。

その頃の私は、確実に気持ちが死から生の方向に向いていた。窓から外を眺めていると、急に土に触れたくなっていた。風にそよいでいる草木が、私を呼んでいるように感じてしまった。さっそくビニール袋を片手に持ち、裏にある公園に行った。すると、あれっ何だろう？　黒い実がパラパラと落ちている。何の実だろうとそれを拾い、手のひらに載せてみた。椎の実だ！　見上げると、間違いなく椎の木があった。椎の木に交じってクヌギやコナラなど、どんぐりの木もたくさん植えてある。視線をそのまま下に戻すと、可愛い帽子をかぶったどんぐりも落ちている。懐かしい昔の記憶がよみがえり、私の心は弾んだ。そして、いつの間にか童心に帰っていた。無心になって拾っていると、寝間着を着た初老の男性が声を掛けてきた。

「何があるのですか？」

患者さんだと、すぐに分かった。

「椎の実ですよ。もうこんなにたくさん拾いましたよ」

「私も拾って帰ろう。袋ある?」

彼にビニール袋を渡しながら、

「どんぐりが多いですよ」

と一言だけ伝えた。そのうち、彼は鼻歌交じりに楽しそうに拾いだしていた。

二十分ほど拾っていただろうか。ふと彼の袋に目を向けた。何と全部どんぐりではないか――。彼が気の毒に思えてきた。プライドがあるだろうから、このまま知らんぷりして、そっと立ち去ろうかなと思った。しばらく瞬きすることも忘れて、言って良いものか、悪いものかと考えた。

「あのー、全部どんぐりのようですよ」

思い切って言ってみた。すると、彼はムッとした顔をして、

「あんたのも全部どんぐりだ!」

そう言い残して、外股で病棟のほうに行ってしまった。彼の気持ちを察すると、おかしくもあり、可愛らしくもあった。

「私の袋の中は、全部椎の実ですよー。子供の時のおやつだったのだからねー」

独り言を言い、肩をすくめてペロッと舌を出した。何ともいえない幸せな気持ちだった。

帰り際、公園の土を手のひらに載せてみた。ギューッと力を込めて握った。土には不思議なエネルギーがあるように感じられた。

「私に、そのエネルギーをください」

そう念じて、手の中の土がなくなってしまうほどに強く握っていた——。

病室のカレンダーは、もう十一月になっている。私はまだ生かされている自分に戸惑いを感じるようになっていた。今日は一時帰宅で家に帰ることができる。もう私は、この病院に来ないかもしれない。そんな気がしていた。ベッドの周りを片付けながら、あゆみが迎えに来るのを待っていた。ベッドに下がっている自分の名札が、なぜか気になる——。

それを外してバッグに入れると、すかさず隣の患者が首をひねって言う。

「そんな物を持って帰ってどうするの？　普通は、みんなそのままにして帰るよ」

「記念にほしいんです」

「バカじゃないの。燃やしてしまいな」

あきれた顔をして言う。風変わりな考え方をしていると思ったのだろう。私の考え方は、他の人とは違うんだなあ。この一年間は、神様が与えてくれた大切な時間だったと思っているからだ。今まで振り返ってみると、反省の気持ちが込み上げてくることばかりだった。それは自分の内を見つめられたということだろう。この病院で模範的な看護に出会えたことも忘れられない――忘れてはいけない。

昼食の時間が近づいた頃、あゆみが彼を連れて迎えに来た。彼はあゆみより一つ年下だ。一番重い書籍の入った袋を、彼が運んでくれたので助かった。中に入っている本は、生き方、死に方についての本ばかりだ。フローレンス・ナイチンゲールに関する本も買い求めた。私は、これらの本に救われたと思った。だから必ず持って帰る――。

車が院内の駐車場から出た時だった。助手席にいるあゆみが振り向いて、

「お母さん、ごめんなさい。私、赤ちゃんができたみたい」

小さな声で言った。運転している彼は、もう知っているようである。

「ヤッター」

私の口から出たその言葉に、

「エッ！」

あゆみは驚いているようだ。一般的には考えられないことだと思う。まだ入籍もしていないし、それ以前に認めてもいない。彼がどのような性格かも分かっていない。その彼との間に、子供ができたのだ。普通だったら、彼に順序が違うのではないかとか、一言二言それ以上に言いたい言葉がたくさんあるはずなのに、私は違っていた。今の私は、命に飢えていた。魂、命というものの尊さを知っていたからである。中絶などと考える枠が、私の中にはなかった。

「産みなさい」

彼に聞こえるように、声を大きくして言った。そのお腹の赤ちゃんには絶対に、与えられた使命があるのだと、私はそう思った。この私がそうだったから――。母が私を身ごもった時、周りの人たちから中絶を勧められたと言う。病院も紹介され、お金まで用意されていたらしい。それでも母は、「絶対に産む」と言い、私を産んだと聞いている。そして、産んで後悔したことは一度もなかったと。

「おまえを産んで良かった」

母は、いつもそう言っていた。私も退院する頃は、生まれてきたことに日々感謝をする気持ちに変わっていた――。

「お母さん、ありがとう」

あゆみは、涙をぬぐっていた。やはり悩んでいたのだろう。私も、まだ見ぬ孫を守ってやろうと心に決めていた。

自然体で

家に着いてから姉を見ていると、かなりやせているのが気になった。以前は、三十三キロあった体重が二十三キロになっていた。これはいけない。私より姉のほうが先に逝ってしまうと思った。入院をしている場合ではない。まず姉の体重を五キロ増やすことが、私の目標になっていた。これまで頑張ってくれたあゆみと姉に感謝をしながら、料理のほうに力を入れた。我が家には、家宝ともいえる自慢の鍋がある。それは終戦後に配給でもらったという少し厚めの鍋だ。その鍋で料理をすると、不思議なことに母の味と同じ味になる。まるで鍋から特別な調味料が出ているかのようだ。姉はいつも母の味を求めている人なので、私は助かる。

「母さんと同じ味だ。おいしい」

そう言って、それを喜んで食べてくれる。それから一ヵ月後、次の入院予定日が来ても、私は病院に行くことはなかった。担当医から電話もあった。

「お姉さんも一緒に入院をしたらどうですか？　私が手続きをしてあげますから」

そこまで気配りをしてくれた。でも、病院には行かなかった。三ヵ月もすると、姉の体重がわずかであるが、増えてきているのが分かる。私も体力が付いてきているようだ。

「そうだ、私は自然治癒力を高める治療に切り換えるのだ」

入院中にその本を買い求めて目を通していた。だが、何が書かれていたのかと聞かれると困る。そのつど本を開いて見なければ――。それほど、私は記憶力は悪い。しかし、ページをめくりながら、なるほどとうなずいていたのだから、頭の中でなく、毛穴から体の中に入っているかもしれない。そんなのんきな治療のスタートだった。

まず、怒らずによく笑うこと、そして感謝の気持ちを常に持つ、自分のためにという言葉は捨ててしまって、人のために何かをさせて頂く――このうちの一つでもよい。一日一度思い出すようにしている。そして行うように努める。また、就寝前には手を合わせて、

「神様、仏様、今日一日のこの命をありがとうございました」

そう言って、一日の終わりにするようにしている。

姉の介護

私が姉にしてあげることは、経済的援助と身の回りの世話だ。自律神経の病気があるので、心・魂の治療になると思い、常に言葉掛けをするようにもしている。気力で元気を出してもらうために、話の種をいつも探している。最近ではこのような会話をした。

あるテレビ番組の中で、水の結晶について実験をしていた。グラスの中に水を入れて、その下に白い紙を敷く。それを二つ用意して、片方の紙に「ありがとう」と書き、もう片方の紙には「バカ」と書く。しばらくして、その水の結晶を調べると驚いた。「ありがとう」と書いたほうの水の結晶は美しい結晶ができているのに、「バカ」と書かれたほうの結晶は崩れているのだった。科学では解明できないものがあることを知った。そして、言葉の重みについても考えさせられてしまった。

翌日、その内容について姉と語り合う。

「姉さん、『体のすべての細胞さん、ありがとう』と言ってごらん。そしてさすってごらん。私は何も知らない癌の闘病中の時から、『自分の体の一個一個の細胞さん、ありがとう。そして今日も頑張ってね』と、毎朝目が覚めたら言っていたよ」

「だから、れいこは今も生きているのかもしれないね」

姉と話が弾むと、宇宙のマクロの世界の話から人間の体の神秘な話まで、不思議に思うことを論じだす。低血圧の姉は、話をすることで少し血圧が上がるのか、顔色が良くなり動く元気が出てくるようだ。時々、意見の衝突もあり、姉妹げんかになることもある。でも、そこは子供の頃からの延長で、

「この間、何が原因でけんかをしたっけ」

思い出しても思い出せない。姉の体調の良い時は、日々このような暮らしをしている。

命ある限り

三ヵ月前のことだった。あゆみの彼が、両親とともに我が家に来た。

「まず、順序が違いまして申し訳ありません」

彼のお父さんに頭を下げられた。温厚そうで品のある人だった。話し合いができそうに思えたので、彼のことを養子に欲しいという私の思いを伝えてみた。彼は、男ばかり三人兄弟の次男だったので、ひょっとするとという希望を持っていたが、あっさり断られてしまった。

「養子に出すのはかわいそうです」

私も、家のことを思うと必死だった。彼は今後の生活設計について何も言わないので、彼と一緒に生活することができずにいるあゆみの精神状態と胎児のことを思うと、気掛かりでならなかった。だから、あゆみを嫁に出すことにした。

それから一週間後、彼のお父さんがまた家にやって来た。

「息子を養子にしてください」

驚いてしまった。なぜ急に？　そう思いながらも胸の内はうれしかった。ご両親でいろいろと話し合いを重ねた結果だろう。前田家の先行きも考えてくれたのだと、その気持ちに感謝した。そして彼が、私の息子として一緒に暮らすようになっていた。

あゆみのお腹もだんだん膨らんできて、平成九年七月に男の子が生まれた。その日は、台風が上陸して一日中嵐だった。私の家族に新しい命が与えられた。予定日より一ヵ月早く生まれたけれど、元気で健康な赤ちゃんだった。彼の父親が名付け親になり、健康が第一だということで、健一と命名された。私に生きていく張り合いができた。それからは、健一の成長が楽しみで、もしかして夫の生まれ変わりかもしれない。そうだ、直道が生まれ変わってきたのだ。ある時は、母親なのかも――という私の勝手な思いで、孫の命は忙しい存在になっていた。

健一が二歳の時に、あゆみは離婚をしてしまった。彼の浪費癖と女性問題が原因だった。あゆみが調停に申請をしてから八ヵ月で離婚が成立した。私は、彼を自分の養子にしたことで、今でも可愛いと思っている。

「こういうことは堂々巡りになるから、お互いの非は五分五分ということにしましょう」

それ以上は、本人たちが一番分かっているはずだから、私は何も言わなかった。ただ、彼の両親にお願いがあった。

「私とあゆみに、もし不幸なことがあったとすれば、健一はこの世でたった一人になります。その時は、健一に声を掛けてやってください」

そう言ったものの、離縁をさせたのはこの私だったので、心苦しいものがあった。でも、しばらくして、彼が再婚をして赤ちゃんを抱いている姿を見てしまった。この光景を目の当たりにするには、あまりにも早すぎた。

「この辺で、心の中にけじめをつけなければね」

その夜は、あゆみと二人でとことん話し合いをした。まず健一を中心にして、物言いを考えていった。子供が実の父親を求める時が必ずくる。これは、だれも止めることができない。親の心より、子供の心のほうが育っている場合、子供はどんな親でも許すことができる。だから、父親の悪口は言わないことにしようと長時間の話の中で決まった。私は、亡き夫の言葉を参考にしていたのかもしれない。

ある日、彼から人を介してではあったが、私宛に地酒のプレゼントが届いた。

ありがとう、お酒はおいしかったよ。今まで飲んだお酒の中で、一番おいしかったかもしれない――。

そして、健一をありがとうと言いたい。でも健一が、「パパに会いたい。一回だけでいいからパパに電話してほしい」と泣いて、私たちを困らせる夜もあったことを知ってほしい。

これからは健一を人間として、男として責任の取れる人に育てていきたいと思う。

私の命がある限り、あゆみに協力をして——

（終わり）

書き終えて

私は障壁に出くわすと、いつものことだけれど、自分の中で何人もの自分たちが話し合いを始める。その中に一人として知識人はいないので、まるで低レベルの座談会状態になる。そうなると、もう前に進まない。解決の手段として書籍をいろいろ読みあさり、そこから知恵を頂くことにしている。お陰で、幾多の苦難も乗り越えることができたと思っている。今まで生きてきた自分の道を、書籍に感謝しながら書いてみた。

私にとって書籍は、これから先も師であり、親であり、夫であり続けるだろう。

今の私の人生は、付録の人生だと思っている。だから、生かされている意味を考えながら、今日一日のこの命に感謝をして生きていきたい――。

二〇〇二年十月

前田れいこ

著者プロフィール

前田 れいこ（まえだ れいこ）

1950年（昭和25年）生まれ。大分県出身。

心の置き場所

2003年2月15日　初版第1刷発行

著　者　前田 れいこ
発行者　瓜谷 綱延
発行所　株式会社文芸社
〒160-0022　東京都新宿区新宿1－10－1
電話　03-5369-3060（編集）
03-5369-2299（販売）
振替　00190-8-728265

印刷所　株式会社ユニックス

ISBN4-8355-5217-2 C0093